相遇

雷武铃·主编

文化发展出版社
Cultural Development Press

献给雷老师和所有兄弟姐妹的即兴诗

幸福是什么？我不知道。
不知道如何精确地定义它。
但我可以说出一些幸福的时刻：
当一个我撞击着墙壁，另一个我猛地松开攥紧的心脏时。
当我们躺在山顶，一觉醒来，看到落日照亮远处的山脊，被安宁灌满时。
当我们彻夜不息长谈，谈到如何在这个疯狂的世界活下去，谈到美如何击倒我们时。

2011/05/10
——刘巨文

图书在版编目（CIP）数据

相遇 / 雷武铃主编 . —北京：文化发展出版社，2018.8
ISBN 978-7-5142-2318-7

Ⅰ．①相… Ⅱ．①雷… Ⅲ．①诗集－中国－当代Ⅳ．① I227

中国版本图书馆 CIP 数据核字（2018）第 143238 号

相遇

雷武铃·主编

| 出 版 人：武　赫 |
| 责任编辑：孙　烨 |
| 责任校对：岳智勇 |
| 装帧设计：辰征·文化 |

出版发行：文化发展出版社
　　　　　（北京市翠微路 2 号　邮编：100036）
网　　址：www.wenhuafazhan.com
经　　销：各地新华书店
印　　刷：北京印匠彩色印刷有限公司
开　　本：889mm×1194mm　1/32
字　　数：223 千字
印　　张：9
印　　次：2018 年 8 月第 1 版　2018 年 8 月第 1 次印刷
定　　价：58.00 元
ＩＳＢＮ：978-7-5142-2318-7

◆ 如发现任何质量问题请与我社发行部联系。
◆ 发行部电话：010-88275710

目录

序 周伟驰 /XI

张国辰诗十首·根器

保定 /001
病 /001
春分 /002
自念 /003
冰城 /004
津门 /006
北新桥 /007
外滩 /008
乡居告别 /009
根器 /010

杜旭诗四首·家

铲雪 /013
电话 /014
成长史 /025
死蛹[1]/029

傅林诗四首·亲人

献给 G/033
雨后 /033
倭了鸟 /034
哑巴 /035

高彩云诗五首·成长

送站 /040
大雨 /041
炒花生 /041
卢舍那大佛 /042

傍晚 /043

郭溪诗四首·那年冬天

停留 /045
校园即景 /046
那年冬天 /047
北京味 /048

李昶伟诗两首·雪

失踪 /049
雪 /050

李君兰诗十首·北太平桥西

整个冬天我无所事事 /053
暮春 /054
今天天气闷热 /054
给松猫小姐 /055
我说你会忘记我 /057
从冬天到夏天 /057
秋天的夜晚 /058
山谷 /060
惊蛰 /062

李俊勇诗六首·注经者

爱 /064
我再一次醒来 /064
思念 /065
注经者 /065
南浦 /067
那铃久已不敲 /067

刘巨文诗八首·寂静

北 方 /069
蒲公英 /070
拖拉机喷吐着黑烟……/071
傻三儿 /071
杨思锐 /073

老宅 /074
王　振 /076
寂　静 /078

罗佐欧诗八首·你的身影

四月 /081
推门进来 /081
给旧年 /082
背影 /083
春天 /084
你的身影 /085
地铁里的一位姑娘 /086
黑土地 /086

马炼诗两首·给小芳

给小芳 /088
横山寺 /089

秦微生诗两首·贵州

午后 /091
红色儿马 /092

申聪聪诗五首·出游

梦 /096
月亮 /097
晚餐 /097
出游 /099
火车站 /102

王强诗六首·修屋顶的人

难题 /107
大雨 /108
修屋顶的人 /109
痛哭的人 /110
阳光打在米黄色的墙上 /112
兰州铁匠兄弟 /115

王长才诗五首·自我教育

这一刻 /123
精神分析 N0.11/125
二元论 /126
老杨 /127

王志军诗六首·天文馆

老房子 /132
樱桃树 /135
安山集 /137
莲花山 /141
仙人掌变形记 /145

吴小龙诗四首·那些走过与路过的时光

路过 /151
行走 /152
秋千 /153
记忆 /154

肖磊诗六首·捕鸟的孩子

捕鸟的孩子 /156
呀，麻雀 /157
不一样的问题 /159
除冰 /161
做刀 /162

谢笠知诗八首·樱花

九华山后山之花台 /164
蝉鸣 /164
湖 /165
樱花 /166
山楂花 /167
瀑布 /168
自言自语的卡米尔·克洛岱尔 /169
雪 /173

邢辉诗四首·北戴河

办公室 /178
北戴河 /179
从北戴河赤土山大桥下去沿海滩步行到奥体中心看奥运足球比赛 /180
葬礼 /181

杨会会诗八首·小札

六月 /183
秋假 /184
月夜 /186
以前 /187
而立 /188
一次独白 /189
小札 /189
数学 /190

杨震诗八首·激越

与你 /191
芝诺 /194
行走 /195
白刺玫 /198
阳台 /199
你 /201
赞美 /203

叶鹏诗五首·观鸟记

2007年3月10日午后和小于一起去树林 /205
2010年8月23日,在北戴河遇见三只海鸬鹚 /206
2011年12月10日,在北戴河湿地看到白尾海雕 /208
2012年4月22日,在北戴河遇见白鹤列队北飞 /209
2013年9月16日晚,布达拉宫上空鹤群盘旋 /210

张辛鹏诗六首·工作与时日

五月 /212
周四限行尾号2和7/213

改完月计划,发现太阳晒了进来……/214
晚来天欲雪 /215
恋爱纪念日 /215
去塞罕坝 /216

赵静诗七首·姥爷

问卷调查 /221
姥爷 /222
最后一天 /223
半夜 /225
我不会再想你 /225
夜班 /226
无题 /227

赵星垣诗六首·剧场

浮 沉 /229
逝者为大 /230
压轴戏 /231
红铅丸 /233
临刑 /234
塞内加 /235

甄紫涵诗五首·洱海边

火星 /236
五月之光 /237
离家 /238
洱海边 /240
冬天的树 /242

雷武铃诗六首·论安静

白云(二)/246
和晓谕、铁军、巨文游云台山万善寺 /248
和铁军巨文在晋豫陕间的黄河北岸 /251
论安静 /253
论青春 /256

编后记　雷武铃 /259

序

周伟驰

一

我们热爱一座城市，常常不是因为那里的建筑，而是因为那里的人。很久以前，保定只是我乘坐京广线途经的一个地名，后来，随着老友雷武铃到那里任教，保定成了我热爱的一个城市。二十三年过去了，他一个湖南人带出了一批诗歌弟子（主力是燕赵子弟），很多弟子也成了我的朋友。我不算孤陋寡闻，纵观国内诗坛，能在一个学校长期扎根，培养出一批优秀诗人的，还真的不多见。说武铃是当代优秀的"诗歌教育家"，丝毫没有夸张。

固然写作的灵感有不确定性，但是灵感从来只光顾有准备的人。这个"有准备"，包括专注和训练。传统谬论中历史最悠久的一个，恐怕就是"天才论"了。其实一个大脑正常的人，只要具备基本的知识素养，热爱写作，遵循正确的方法，一般都能有所成就。

武铃对学生的指导很具体，像批改作业一样，有时甚至把他们的诗行改得面目全非。除技法上的指点之外，他还想方设法开阔学生的视野。他讲课选的都是现代世界最好的诗人，讲得具体入微。近来他翻译了一些毕肖普、希尼的诗和诗论，应该就是出于讲课的需要。本世纪初我们几个朋友讨论弗罗斯特、卡瓦菲斯、拉金、佩索阿、米沃什等，他的学生们都能得到原文和最新的翻译。这对于学生来说是幸运的，跟我们在八九十年代无课可听，只能"自我教育"，不可同日而语。起点就不在一个层次上了。如果我们年轻时能遇到这样的老师，不知诗艺能精进多少。武铃本身就是诗人，实践与理论兼备，这使他比一般的文学系教师要高出一筹。

最重要的是他能激发学生对于诗歌的热爱，真正的热爱。除了自身的人品魅力、作风民主、能够平等待人外，对学生有耐心也是一个因素。这意味着经常有学生来咨询，他不得不放下手头的工作，花很多时间去聊天，却不一定有正反馈。老实说，在耐心这一点上，如果我在大学任教，就不一定能做到。

二

《相遇》这次的结集，是特定的时间——九十年代末以来的二十余年间、特定的空间——河北大学、特定的人群——一位诗歌教育家及其优秀的弟子，所做的一件特别的事情。从寻常的角度来看，不过是一群爱好诗歌写作的师生的作品选集，不过，如果放眼新诗百年的历史，却恐怕有特别的意义。据我所知，北大、师大、复旦等高校都出过校园诗集，但是所选诗人之间并无严格的师徒关系，彼此之间的文字联系也比较松散，甚或完全没有联系，只因是诗社、文学社历届成员才勉强凑在一起。《相遇》与它们的不同，在于诗人们因为在河北大学听一位老师的诗歌课而相遇、相聚，保持长期而紧密的人员与文字联系，彼此激励、促进、批评，一些人将诗歌写作视为终生志业，也确实写出了很优秀的作品，跻身当代优秀诗人的前沿。

我有幸认识其中的一部分成员，对诗群的发生、发展过程知道一个大概。如果有"诗歌社会学""诗歌人类学"这样的新学科，我觉得这一群体可以作为一个合适的研究对象。里面的一些现象（比如各人的美学区分与定位，内部的承认机制，内部译、写、讲的分工，新观念与新技术的发现、发明与传播，人际往来与通信）其实都是具有普遍意义。两三年前我曾在一篇《新世纪的诗歌师徒群体现象：以保定河北大学为例》的文章里谈过一点印象，看来现在要更新了，因为在这两三年里，这个群体中的一些人出现了变动（如刘巨文毕业去大学任教了），出现了更多的作品（包括诗集、评论和译诗集）。就跟一丛树林一样，老树越发挺拔，发了新枝，更多的树则在边缘地带成长了起来。几年不见，这丛树林更成规模了。

三

这本《相遇》所选的诗人，都是不仅写得好，而且能坚持下来的。曾经有学生写得好，但大概是没有坚持下来，因此，其吉光片羽的诗作就没有选入（如王以琳、曹亚楠）。虽然里面大部分诗我以前看过，但这次集中阅读，还是很有收获。

一是诗人们喜欢戏剧独白。象王志军、王强、刘巨文、杜旭、王长才都有。在语言上，来自河北的诗人，由于是让地方主人公说话，因此河北方言就自然地带入了，这显得颇有特色，看上去也很活鲜。以前我读这样的语言，会觉得"土"，现在我觉得有"乡土味"，有真实感，接地气。四十年来中国正处于巨变中，这些诗多少从侧面反映了变迁中的小人物的遭遇。相形之下，远在云南的赵星垣另辟蹊径，以古装人物的心理独白，聚成一个另类的面具舞会。如果他还能多写，其实可以做大、做强，成就自己的特色。

另外，题材上的地方性。写故乡、童年的有不少，带方言的更为亲切，切入存在的亲身感。例如，王志军的《老房子》《集市》《狸仙》王强的《放牛少年》，都写得有感情、有味道。李昶伟的诗很少看到，这次读到一首较长的诗也是写童年故事的。

还有写法上的多样化。写景是"相遇"诗人的一个长项，可能跟老师注重观察训练有关。写乡景、海景的都有，如杨会会、叶鹏等。但写景易静，久了易沉闷，所以要与动结合，与人物思想的动作相结合。抒情，如张国辰写保定、谢笠知写云，都可以说是短篇经典。李君兰的一些抒情诗中也有佳作。李俊勇以枯槁的注经者写情，有学院派借典的力道，具有独特性。可能受老师的影响，"相遇"诗人们多叙述和描写，这显然超出了一般青春写作的浮泛，但要掌控好火候也不容易。常规的叙述若过多过细，容易陷入冗长烦琐，无法打破读者预期，带来惊奇。因此，适当的精省和空灵是必要的。傅林走极简风格，是个例外，在"相遇"群体中是有特色的。但也要注意不要写成口语派。作为对烦琐学院派的反拨，口语派有其好处；但如不注意文学性，则易成为"段子派"和"新闻简报"。正如素陶，虽然有工具的实用性，却不能如彩陶那样文采焕发，产生美感。子曰："言之无文，行而不远。"这也适用于今天所谓的口语诗。杨震的诗，才分很高，直抒胸臆，涉及哲学，勇气可嘉，在题材上另辟蹊径。当然抽象的东西不容易写，一定要注意形象可感，另外语言还是精雕细琢的好。在音乐性上，原先我觉得"相遇"诗人未予注意。现在看来，张国晨有意识地做了一些实验。如果将"相遇"作为一个整体，它还是有一些自我修复的机制在起作用的。

就现有的作品来看，综合才能很突出的有王志军和王强，无论是质还是量都比较理想，可以列入当代最优秀的青年诗人中。赵星垣、刘巨文都有佳作，刘巨文的小人物独白，颇有地方特点，而赵星垣的人物内心戏很有独特性，但两个人的量还是不足，还欠缺精致、完美、有一定长度和分量的诗歌。国辰的诗，当年《保定》曾令我击节赞叹，但很久没有读到他新的诗。这次的诗令我有惊喜之感，他做的多方面的尝试也令我欣赏。他的所长在抒一己之情，当然，情易于流散，而形象不会，所以，如果他能塑造出形象来，其诗就会更令人难忘。我所谓综合才能，是指意识到诗歌各个方面的因素，从主题、题材，到技法、音韵、节奏，乃至形而上层面，都尽力做到最好、精益求精。那些能从独特的题材中挖掘出普遍的主题，有形象、有思想，语言精到而丰富，有新见的诗，方能不流于平庸。

以上仅就这次阅读后的大致印象而论，诗选中的人我就不一一点评了。由于诗人们都在成长之中，不能算作定论。由于种种原因（如命运、工作、时间、精力、价值观、兴趣转移等），今天写得好的诗人，可能后来难以为继；今天写得"毛糙"的诗人，过几年可能要刮目相看。只能说从长时段来看，诗歌面前人人平等。毕竟诗在人为，投入多少心力，就产生多少佳句，这是不变的真理。集中的诗人，都是才华之士，像王长才、杨震、李俊勇、傅林、赵星垣、谢笠知、刘巨文等，更是文学博士，在高校做教师，如果能投入更多的精力到诗歌写作中去，当能获得更大的成就。年轻一些的，像申聪聪等，已显露了很高的才能，他们的问题，只是能否坚持而已。

四

中国是个等级社会。保定原是河北省会，后来沦为一个普通的三线城市，河北大学也是一所普通的大学。应该说，在这样的地方，各方面的资源都是匮乏的。我认为"相遇"诗人们创造了一个不大不小的传奇，这种传奇原本"北上广深"那样高校丛立、资源密集、人才集中的地方才创造得出来。可见，诗歌这东西，常能打破人们的想象，出乎人们的意料，关键还是得有特别之人，在风云际会中，使众人偶然的相遇擦出一生的火花，成就每个人独特的个性，在文字中留下不灭的轨迹。

2018/3/24

张国辰诗十首·根器

保定

是的，夜色此刻在我面前。
当我错身经过，看到月光下深邃的你。
我感触你，像坐在爱人身边，纯真安谧的宁静
瞬间把我包围。街边，每一棵树木投下的暗影
都携带摄人的沉醉。等你不经意走过，它翻开了
恒久而来的绿色夏天。我能感到，曾经的自己
正被晚风怀抱着，在闪烁交织的灯光中从远处缓缓返回。

2005 年

病

在雾霾的邀请下，我和这个城市一起患病。
将金银花、甘草、薄荷叶和川贝母泡水服用，
抑制心中缓缓升起的小爆炸。
品尝第一次夹在微凉的苦烈
唤醒体内隐藏许久的疼痛人格——
它含有空气的质量，树叶的颤抖，

对遥远无形风景的玄想。
它来自肺腑，来自眼前和未见的因果之间。
小区已经僵硬，由绿藤铺满板楼的瀑布
告诉我这是夏天。我没有经历过
这样迷茫的炎热之季，仿佛
置身一场电影里：大家彼此互为陌生人，
享用白色口罩提供的外景。他们
通过指责天气的戏剧冲突而不悦，比如
住宅密集，比如区域性的盆地地貌。
镜头中的拘谨，用来核准部分自己。
此刻，蝉鸣调整声线，使故事
更安静。我和雾霾中的城市
等待一场雨，作为病中日记的结尾。

2012 年

春分

我曾持有一刻透彻的时间。
在四月，在深入观察生活的两侧。
毫无疑问，我们通常
会被完整的场景锁定
比如居坐于白天的疑问之中

居坐于院子里让日光翻阅
风在吹拂。风吹拂着叶子
让你在自我定位中摇摆。
走廊里,红砖墙壁,门锁边的仙人掌
暖意交换着暖意,得到爱意。
钟表的走动在隐藏着秘密。
那是一个下午,并无新事,
短暂一瞬是漫长等待着的神奇旅途。

2015 年

自念

笔直的路。
在车上,恍惚拢聚于你。
引导你的是晚霞的亮面
树与树之间相互拍打的风声
白天和夜晚交接处的远星。
时间转动的幅度
宽阔,平整,形意完备
你的凝视,出神。
前方没有尽头。
暮色中的城市,你的轮廓已深。

假如我用词语附赠予你
星光跳跃,记忆神秘失去。
假如我使标度衡量与你
会是一刻,一时。我走向你,成为你。

       2015 年

冰城

它不慌张,不抗拒,不温软。
从影像和地理知识中描绘出的特性
让人感到去除复杂是幸福的事。
它拿出白雪的素雅,街道的欧式风情
来填满外乡人初临此地的视线。

但这些还不够。
一旦看到索菲亚教堂,你能感到
过去的已不在现在。
众多游人把它作为相片的背景,
被妈妈们携领的孩子们,大笑着
围转在教堂周围,某些凄凉骤然而来。

它很少接纳教徒做礼拜,

变成了摆纳历史掌故的展览馆，
变成了展示中俄文化融合
和区域变化的纪念品。只有砌成的
雕塑直立着，让广场映衬在白色光亮之中。
我知道，这并不能让有限的场景
变得更加神圣，即使它拥有过
众多的信服者。

于是我去吃马迭尔冰棍，去踩一踩
用均匀石块铺满的中央大街
以确保任何值得接纳的
都依次存入记忆。那些密集排列
像糖果盒一样的店铺
按序摆出鹿茸，人参，貂皮。
在整段路程的尽头
例行公事一般地蹲坐着冰灯。
我不满于此，我开始喋喋不休。

一切都指向松花江边。
大人们骑马，孩子们坐雪橇。
江的对岸，树木开始摇晃，
一天就要被晚霞收入寂静之中。
但这些寒冷，真的不冷，
随风摇晃的何止这些，还有我们的心。

2008 年

津门

在通向水域深处的弯曲水道，
小型游轮亮出低音声部
滨海双侧铺开世俗的清晨。
激越的鸽哨和年久整修的墅宅
连续数代奇人，故事叠加故事。
有人随河沿行。
垂钓的大哥盯紧水面。
逆向骑行的男孩刚离开梦。
我被城市的晨光
引至篇幅具象的非虚构，由于
平乏淡然的年载，短暂的异地所见
依然具备惊喜。比如街角右侧
斜倚着椭圆形市区公园，一座教堂。
它的庄重仅能显示在广角镜头之中。
从五大道到劝业场
城市的迁变被白色索桥
在海河两端抓近。桥上，
几个装扮成小丑模样的少年
对着来往的人张开双臂，索要拥抱。
快门按下。此刻的游乐园。
霍然的喜悦等待领取
即使有限的路途必然成为过往。

2017 年

北新桥

多年的冬夜
第一次赶赴北新桥,
十字路口交错
令我朴素的猎奇感升腾。
有人提醒我
簋街深夜繁盛
短促的街道上
酒杯,胃口,故事。
原来我一度以为
簋街的写法是鬼街,
长晚回归神秘
众人饱享,众人虚无。

三年前的一天
我从北新桥地铁出站
由西向东穿行簋街,
光线将它的柔亮
抛洒在步幅可测的视野中。
擦肩而过的陌生人
些许瞬间都是模糊的,
车辆驶过这个春日正午。

昨天傍晚
在北新桥和雍和宫之间
我停顿,抽烟。
在风声渐进的初秋
静止的熟悉感远去了。
存放于记忆中的连续片段
不停地在快进,在闪回,
直至我确认,这个傍晚
只属于我自己。

向你致以敬意,往日。

2015 年

外滩

傍晚,雨来得恰如其分。
让这个景点更本真。
女孩踮起脚尖撒娇,
胖男友好像懒于应付,
他顺手指向对岸:看,灯亮了。
酒吧里的歌声时停时起,
使人不辨远近。盼望
多年的到访,换回的是

一次永无止境的遗憾。
我拿起电话，选定你的号码，
让你听一听这雨水落下的声音。

2007年

乡居告别

外公说你的头发留得太长了，像个女的。
他毕生温厚寡言，这句话拉长了整个堂屋。
我笑着回答说赶着回来没时间，过两天
肯定就去剪短。我猜他肯定也没听见。
他只顾乐滋滋点头，黝黑的脸上泛起笑意。
这是他最后留给我的一句话。
几天后的一个下午，他放弃肉身，故去。
他从无溢于言表的悲喜，直至病痛的末端。
他私享于雕刻和画画，但更在乎被认定为农夫。
他的父母葬于何处？他的兄弟姐妹身在哪里？
在他远行之后，我才试图得知他清晰的履历。
岁月慷慨神秘，无所判定
能够自我独处的人，不会被爱孤置。
外公，再见，请你珍重。来世你必定满足。

2016年

根器

(一)
家院稍显干枯且缺少灵气。
它没有温润印象，只剩余
例行惯常的春秋交替。
梧桐树，小院中四方形
布局中的一点绿。身材丰腴的绿
世间慌张万变，它和过往并无二致。

梧桐树在一月，根部稳定，留有枝杈。
近距离比量，是完满的水墨：
淡疏的云层，明静游动的灰白高空，
以及那些无法看到的驱动万物的精灵。
今日多月转阴，偏北风三级，不会有雨。
二十多年之后，我又回来看你。

(二)
四方之上的风声在深切祈祷。
树，我听到了。我听到了你。
我完成了从访客到故人的交换，
我无处接收冬末的责备——
在与世界的联结之中，在一场雪
即将到来之前，我们彼此相对。

我告诉自己再仔细些。
树木对所爱奉献的深情,需要
匹配更仔细的心。它们是身边之物,
在夏天突出功能,在秋季是美是感伤。
在冬春临界的今天,它们是你自己,
身处无声的空间,马上就要醒来。

(三)
梧桐树在土地贫瘠的平原静立。
我们一样:幼年瘦弱偏矮,无力健谈,
是宇宙自然中两个孤独运转的星座。
起初你是恒星,垂直在我这颗行星之上;
此刻你是行星,仰视着人生已如恒星的我。
当步入命运的回望,我们分别看到了什么?

我继承了母亲的性情和父亲的酒量,
学会了忍耐、寡言、独处时的大醉,
但无法应对生活偶然中的虚无和开阔。
当黑夜幕布下,梧桐树身影幽暗,
我们对等度过的北方生涯,没有惊喜。
假如平凡之处怀有令人敬畏的希望。

(四)
光线把小院的模样概括完整。
回忆跟随尘土一同飞扬,你用树枝
作为器具来晃动清晨,开动

心中的小星座。我犹疑有限的一切，
尝试清数散落在村落里的善喜对错。
而梦态短促，闪光的宝石都遗落在昨夜之中。

据诗文古籍记载，高洁忠贞，
孤独别离，这是梧桐树的根器。
如今，我终于触及这最平易清晰的描写。
在这个没有繁茂枝叶遮挡的冬日上午，
我望着永无止境的高空，
站在一月的梧桐树下，迷了路。

2013 年

杜旭诗四首·家

铲雪

从单元门开始,肩并着肩
一齐朝对面的草坪挺进。
铁锹沙沙,锹面逐渐填满
再溢向两侧,堆成两溜小矮墙。

他又快又稳,率先抵达
把雪掀向草坪,再转身返回。
擦身时,寒气挟碎雪扑面
而我埋头,没看他的眼睛。

无言的沉浸中,血脉偾张
时间溢出钟表之外。
路面一条条裸露,夹杂着
一块块冻雪的白斑。

阴影从敞开的下水井
流走。行人多了起来。
无意中抬头,看见太阳
在晨雾中辐射橙红色光芒。

我们脸颊通红，大口吸着冷气
一起上楼。我们之间的
某块坚冰，也被留在楼下
同积雪一起悄悄融化。

电话

儿子，咋这么久才接电话？
这么晚了，还在公司加班吗？
那边冷不冷？你穿的什么衣服？
别累着自己，早点儿回去休息吧。
儿子，你工作的事——哎你别挂呀
你不想说？行。咱们唠别的！
儿子，国庆放几天假呀？七天？——
我记得你说过——那就回家待几天吧。
都一个多月没见了
你也不想着给家里打个电话。
我最近好几宿都睡不好，净胡思乱想
想你在外头是啥情况——
肯定比你想我俩的时候多！
我最近呀？这不入秋了嘛
咱家这儿也不热了
每天晚上我都去跳操。我还是领队呢！
这几天又学了套新操——

从网上找的视频——正领着大家伙儿练呢
大家伙儿都愿意跳，人也多了：
隔壁小区的也都来咱这儿跳——
那边领舞的是个老太太，跳得没我好。
对了，听说县里的电视台
还要来给我们录像呢！
等啥时候播了，录下来给你看。
我现在呀最开心的就是跳健身操
感觉自己年轻了不少！
你爸？他笨手笨脚的，也就是跟着瞎跳
他哪是去跳操呀：他是去看我
有没有跟谁眉来眼去，呵呵！
儿子，你爸也想你了。他白天在基地
看着一帮老农干活——他就这点儿能耐——
成天灰头土脸的，还晒得黢黑。
他天天晚上都念叨你，电视剧也看不进去
他老说以前嫌你大晚上弹琴太吵
现在安静了，倒觉得空落落的……
儿子，国庆回家待几天吧。
我和你爸都想你了，二虎也想你了。
我一天紧忙活，没时间
都是你爸遛它俩；那他也不好好遛——
下楼在附近转悠几分钟，看着它俩拉完屎
就上来了。你要是回来了
就能带二虎去避暑花园
跟那儿的狗玩，它俩肯定特高兴。

还记得你每次回家时
它俩的反应吗？刚一开门
飞虎就蹿出门缝，蹦起来抓你的腿
小尾巴颤个不停；你伸手抱它
它就四仰八叉地躺倒，露出肚皮来
让你摸，看着可享受了！
路虎先是直直地瞪着你看——
它都快认不出你了——然后突然扑上来
咬住你的裤腿就不松嘴
还使劲儿扭着屁股，长尾巴呼呼地
抽来抽去，打在鞋柜上梆梆响。
你都进屋老半天了
它俩也缓不过劲儿来。唉——想当初
路虎还是咱俩给抱回来的呢！
这可真是缘分：你说，要是那天
它藏在别的什么地方，就跟咱没关系了；
可它偏偏趴在你姥爷的废品堆里
掀开好几层硬纸板才看着
一点儿反应也没有，扔香肠
它还往里躲，抱起来
也是一坨皮包骨，一点力气都没有
就是惊恐地瞪着一双大眼睛。
刚来咱家时溜着墙根儿走
眨眼就不见了——费了半天劲儿
才在钢琴后面贴墙的窄缝儿里找到它。
那地方连平时拖地都拖不到

你说，它是怎么钻进去的？
咱俩拿它没办法。后来还是你
用晾衣杆把它给拨了出来。
唉，那时它也就两三个月大，真不知道
它自己是怎么在外头过活的。
我看它脏兮兮的，就放它进浴缸里洗澡
这下可好：刚一沾水就叫了起来——
不是汪汪叫，是尖声的哼唧——
棕色大眼睛瞪得滴溜儿圆——瞧把它吓得
还以为洗个澡多危险呢。
等擦干了再一看：可真漂亮！
抓把狗粮喂它，狼吞虎咽吃个精光
吃完就来了精神：在你怀里
舔你的胳膊，轻轻咬你的手；放在地上
就摇头晃脑地跟你搭爪——
它就是这么认识你的！每次带它出门
总有人问我它是啥品种，
我说是捡来的小土狗，人家还不信——
谁都没见过这么漂亮的小土狗！
它真是命大，遇到咱家人，
要不，没准儿还在外头流浪呢。
路虎刚来时才五斤二两，现在都长到
十八斤了。车筐里早就放不下了。
可它还是那么瘦，小细腰
一只手就能掐住。吃东西倒也不挑
可吃完老是吐——肯定是小的时候流浪

净捡垃圾吃,把肚子给吃坏了。
每天晚上,它都是趴在方厅的垫子上——
你爸嫌它掉毛,不让它进屋——
可到了早晨,就看它
在我枕头边儿缩成一大团,也不知道
是啥时候蹦上来的。所以关灯前
我都给屋门留个缝,怕它
半夜醒了找不着人,害怕。
现在出门遛它都不用拴绳,一喊就回来
不像飞虎:一松开绳子就跑没影了
收养的就是比买来的听话!
我有时候想:飞虎和路虎
已经成了咱家的重要成员啦,地位
已经超过了你爸,仅次于你。呵呵!
有了它俩,我和你爸笑得更多了
日子也更有意思了。
儿子,你在宜昌咋样啊?
那边热不热?吃得习惯吗?
公寓条件好不好?离公司远吗?
一个屋子几个人?家都是哪儿的啊?
你从小就没出过远门,大学
也是在家门口上的。你想往外跑
我俩都替你高兴;可一想
也不知道你啥时候能再回来
我心里就难受。上次送你坐火车
你刚进站,我眼泪唰地就下来了,赶紧

背过身偷偷抹,不让你看见……
你爸笑我没出息,可我知道——
他这人就爱死撑着——他比我更难受啊!
唉,跟你说这些干啥!
你想做啥就去做,我俩永远支持你!
儿子,小博的婚礼你没来
觉得挺遗憾的吧?家里的亲戚全到了
这么多年,数这次聚得最全
婚礼办得也特别热闹。
亲戚们有个群,这次大家都回鹤岗才建的:
你老姑奶是群主,有
你老姑爷,你大姑和女儿冰冰
毛怡一家三口,毛恕一家三口
大龙一家三口,大龙弟弟小爽和女儿爱娃
小博一家三口,小超子和他妈,还有
我和你爸。一共二十多人
你想加进来吗?好吧
我猜你也不想进。当初小超子结婚
你念高三就没来;这次小博结婚
你又在外地——你们这一辈儿
都是独子,平时各过各的;难得有个大喜事
再不勤联系着点儿,这大家庭啊
以后可就要散了。
那也不进?不进就不进吧。
其实你跟我们也没啥聊的
这叫什么来着?对——代沟!呵呵!

儿子，你工作的事，家里的亲戚
帮了不少忙，你这次辞职
有点儿太过分了：本来想着安排你
进金融行业，自己能有个好发展
跟大龙、小博也有个照应；可没想到
好不容易办成了，你却撂下不干了。
你怎么突然间变化这么大？
你从小到大，不都是
听我俩的安排吗？不是一直都
挺愿意的吗？怎么
这次就不听话呢？态度还这么坚决！
你看小超子、小博的工作
不都是大龙给办的吗？他俩现在
过得不是挺好的吗？
你怎么就不乐意呢？
你是不要紧；可你让我俩
咋在亲戚面前做人？这次回老家
为了道歉，你爸又是赔笑又是陪酒——
你知道他不能喝——我还专门
写了封长信给你老姑奶，解释你的事
求她原谅孩子，原谅我俩。唉
好说歹说，你老姑奶
才消了气儿；要不然，亲戚这圈子
以后就没法儿再处了。
儿子，我和你爸都过了半百了
都快退休了，生活也没啥奔头儿了。

到了我们这岁数,过日子
不就是过孩子嘛!是,是:孩子大了
是该放手了;可天底下
哪有不管自己孩子的狠心爹妈?
一想孩子都大学毕业了
可工作还没着落,这当父母的
哪能安心呢?我和你爸
也没啥本事,只能是求亲戚托关系
送你进个差不多的单位;可你
放着安稳的国企不待,非去三线城市的
小厂子里当什么学徒
拦都拦不住、谁劝也不听
——你这不是要我俩的命吗!
沈阳多好啊:省会城市,生活节奏稳定
离家又不远,房价也不贵——
小博懂行情,能帮你选一套
最划算的房子。你要是留在这儿
后半生都不用愁了!哪像现在
前途飘忽不定,三五年都看不到头……
是,你更看重"精神生活"——那是因为
你没缺过钱,没体会过缺钱的滋味。
现在的社会,没钱寸步难行!
你怎么就不明白呢?
你是有你的追求;可等你以后买不起房
连对象都找不着的时候
就说啥都晚了。现在的社会

男人要是没辆车、没套房
哪有姑娘跟你啊？到时候就算你
不怨我俩、不后悔
我和你爸也心疼啊！我的儿子啊——
你怎么就不明白呢！
我？我那时是因为年轻、傻、不懂事
才跟了你爸；要是有人告诉我这些
我哪能吃这个大亏！我是过来人
你一定要听我说啊！
我坐办公室是挺体面，可挣的钱
只能勉强糊口；你爸他——
别看叫什么后勤部长——就是个工人。
我俩苦了大半辈子，就是想
让你过上好点儿的生活。你不知道
你爸看着你发给他的那张
穿白领制服照片的时候，脸上的笑容
有多灿烂！真没见过他这么高兴！
你也不知道，你说要辞职
我俩连夜开车去劝你劝不动，回来的路上
他再也撑不住，把车停在高速旁
趴在方向盘上号啕大哭——我从没见过
一个五十多岁的大男人哭成这样。
这些我一直都没告诉你，怕你工作分心。
唉，现在说这些也没用了；只希望
你是真的想换工作
不是为了跟你爸怄气。

儿子，你爸没想过要打压你
他是真心为你好；就是有的时候吧
方法可能不太对——你也知道
他没念过什么书，字都还认不全呢
解决问题也简单粗暴
哪懂什么方法！可话又说回来
我们小的时候，家家都是这么养孩子的
没觉着有啥不对啊；咋到了你这儿
就不好使了呢…… 唉，我俩已经
活了大半辈子了，也没啥指望再改变了。
那好吧，既然你坚持换工作
我俩也帮不上你什么了，以后的路
就全靠你自己走了。
儿子，你已经干了一个月了
还是那么喜欢吗？要还是喜欢
就可以考虑签协议了；要是不太喜欢
就先别签，咱再重新选择。
你决定了？那就好好干。
不管干啥，一定要干出个样子来——
三百六十行，行行出状元嘛。
以后工作上有啥困难，多跟我俩说说
我俩也好给你出出主意，啊！
记住：出门在外一定要
注意安全。你一个人在南方
人生地不熟的，公司就是你的靠山。
平时在班上要勤快点儿

多点儿眼力价,跟领导啊、同事啊
都处好关系。咱不求当多大官挣多少钱
能养活自己,开开心心的就好。
还有啊,别觉着自己年轻就玩儿命干活
工作要适可而止,别累坏了身体
健健康康的最重要!
要是累了,就回家吧。咱家
永远是你背后的灯塔、温暖的港湾!
儿子,我和你爸还有二虎都想你了。
回来待几天吧,要不
就得等过年才能回来了
还有好几个月呢。回家
看看我俩,遛遛飞虎、路虎
看看你老姨和小宝,看看你姥爷
看看大海,尝尝你爸拌的凉菜
多好啊。国庆回来吧,啊!
儿子,就先说这么多吧。
你明天还要上班吧?
我一会儿就睡了
你也早点休息吧。
哎对了,这几天降温
记得多穿点衣服。

成长史

表妹今年十二岁
即将小升初
爱看喜羊羊
就是不写作业

老姨拿她没办法
加上家务劳烦
见我像见了救星
让我"教育教育"她

我想表妹还小
就鼓励她说
享受童年吧
这美好只有一次

老姨一听不得了
拖把都扔到地上
"玩！可劲儿玩！
还考什么县一中！"

我急忙收住话头
顺着老姨的话说
也要努力学习

学到知识一生受用

老姨捡起拖把
表妹却噘起了嘴
"说好带我去海边
作业作业,烦死了!"

表妹我从小捧到大
哪能让她伤心呢
我说其实书本外面
还有更大的世界

"现在遍地大学生
没有工作,只会啃老……"
一瞬间气氛凝固
只听见呼呼的拖地声

尽管无可奈何
我也只好承认
你妈妈说得对
有本事才有饭吃

表妹白了我一眼
赌气地自言自语
"我讨厌数学
我想学画画。"

我深受感动
抛开政治正确
说，追求理想最幸福
将来也不会后悔

呼呼声骤停
温度顿时升高
我感到火山爆发前
那可怕的寂静——

"画画能当饭吃吗？
真是翅膀硬了！
期末考不进前三
叫你爸揍你！"

我怕表妹委屈
赶紧安慰她说
人有时身不由己
忍受是常态，但——

后半句还没出口
局面已无法挽回
母女间剑拔弩张
亘古的两难重现：

"活着就为吃饭吗？"

"不吃饭能活着吗?"
"活着就为吃饭吗!"
"不吃饭能活着吗!"

表妹一双决堤泪眼
打破了这死的循环
老姨见状放下拖把
开启苦口婆心模式:

"妈整天忙里忙外
还不是为了你!
你现在还小
等以后你就——"

"啊——!"只听
一声尖叫。啪。哐。
遥控器还在地上颤抖
里屋的门已经反锁

"小兔崽子
还敢摔门?
开门!不开
就别吃饭!"

我尴尬地闪出大门
电视里正唱着片尾曲:

"天再高心情一样奔放
每天都追赶太阳……"

死蛹 [1]

幼年时,他父亲随军在外。读幼儿园时
开始按母亲要求学琴。母亲一个月工资
五十块钱,三十块交上课费。学不会
被尺子打手,他一边被打一边哭,但
不反抗,"他也知道多学一次得多少钱"。

小学一年级,他的同学逼着他背自己,
不背要给一块钱,他就背了。事后,
老师找到他的父亲,父亲说:"我想着
孩子玩儿嘛,小事没必要太计较。
背就背一下嘛。我没有帮助他。"

母亲说:"我从小教育他,凡是跟小朋友打了架,
不管谁对谁错,他回来肯定是要挨骂的。"
中学时有同学打他,按着他的头
往墙上撞。他害怕父母说他,不敢跟家里说;
又害怕那个学生再欺负他,不敢去学校。

中学上了法制课后,他拿着书回来

说爸爸压迫他、管着他。父亲陪着儿子
翻了一遍书后,告诉他:"我是你的监护人,
当然要管你,不然你犯了错,
可是要我来承担责任的。"

父亲说:"因为我是当兵的,总习惯说
命令性的东西,可能有点尖酸;
但我对别人不会这样。因为我想让我儿子好,
一针见血地扎到要害。"说完补了一句:
"但是过后去想想我说的话,都是比较正确的。"

同学说,他着迷于一件事,往往
近乎狂热。他喜欢一个日本歌星,MP3里
全是她的歌。有次在网吧里下载她的新歌时,
有人喊地震,大家都跑了出去,只有他一个人
仍坐在里面,"如果跑出去就要重下了。"

后来,他开始上网,打游戏,逃学。
父亲认为这是网瘾,有段时间不工作,
专门在家盯着他。整整一个月,他被关在
居民楼的地下室里,除了上课,吃、住
都在里面。没有窗,从外面锁上。

"男孩不能宠,我怕他以后给我惹事。
他也不反抗,只笑笑说,'那我就是咋也不对。'
他没跟我交流过,我们也体会不了

他心里的斗争过程,"他加了一句:
"但是以后就正常了。他好了。"

初中以后他没有照片,全家福里
也没有他。他母亲说他发育变胖后
不愿意再拍照。 当时他不到一米六五,体重
一百六十八斤。因为胖,一笑眼睛就没了,
别人就笑他,他就说要整容。

"他说这个我就打击他。我说好不好都是
父母给你的,你这是对我的不尊重——
也不是不跟他交流;不过我说的话可能有点……
像他妈说的,有点让人接受不了。"
他又接了一句:"但是我说的应该是正确的。"

再以后,他有什么事就绕过父亲
跟他母亲说。"他太在意了。我可怜这孩子,
就尽量满足他,同意他去割双眼皮。"
他还用了四个月时间减肥,瘦了
六十多斤,以致得了胃溃疡。

父亲说,这么多年他从来没有
鼓励过儿子。"这就是我的教育方法:
他非常热衷干的事我都会打击他。
我就是不让你过热,我就想
浇点凉水,不要那么过激。"

父亲不想他考音乐学院,极力让他
学理科,便背地里去找钢琴老师,让老师
多打击他。他一直不知内情:"我上一次课,
就被打击一次,越上我越没有信心……"
但他还是学了下来,专业考了第一。

有一次,他买了一把
电动按摩椅给他爸。父亲
没有喜意,只是说:"我要的
不是这个。我只有一个要求:
将来你挣不着钱,别问我要。"

他从大一开始兼职,在酒店大堂弹琴;
后来当家教,打多份工,在城郊之间往返。
他妈想给他买辆车;他爸不同意,觉得
太张扬。后来还是他妈硬做了主,他爸才点头——
前提是他每月要给家里一千块钱。

他爸带着疑惑说:"他挣钱好像
上了瘾一样。"他爸说"上瘾"时,口气像是在
形容一个病人;但他爸也没问他
为何如此,只是觉得"上进就好"。
一天夜里十一点左右,他开着车回家。

---

[1]根据柴静《看见》第十八章《药家鑫的家庭教育》删节而成。

傅林诗四首·亲人

献给 G

你冰一样的美貌,
灼伤了我
瘦弱如尘土般的身体。
周围的一切都暗下去了,
在只有你的世界中,
我燃烧
成一团幸福而惊慌的火。

雨后

一场大雨停了。
门前的路成了浑浊的小河,
而天空无比清澈。

我换上了厚衣服,
一股浓浓的樟脑味道
和雨的味道一样新鲜。

我顺着麦场一直走,
要找弟弟回来吃饭。
他不是在一处房后,
就是在树林里
玩泥巴,打水漂。
他很听话,
我只要叫他,
他就会马上起身,
和我一块儿回家。

倭了鸟

一串脆脆声音
如呼啸的水滴
从高空洒下。
——巨大的惊恐
托起它们
到我不能企及的高度。

每年夏天,
我都在割倒的麦丛中
看到它们破碎的蛋壳。
每一次,喜悦都穿透我,
像阳光

刺痛皮肤和眼睛。

哑巴

哑巴姓付，我很晚才知道。
人们只在区别另一个沉默的哑巴时，
才会提到他的乳名"哑巴树儿"，
除此之外，这个名字毫无用处。
有一次，村里丧事的勤务名单上
礼貌性地写上了一个怪怪的名字"付哑树"，
似乎一定要强调他是个哑巴。
每当有丧事，他都有资格和大家平起平坐
并煞有介事地大口喝酒，
人们则每次都兴致勃勃地
一起取笑整盅酒落进他的喉咙
发出的那"咚"的一声。
"哑巴非常爱说话"，这是全村人共同的一句俏皮话，
不过事实上也确实如此。
他性格开朗，跟谁都愿意"ABAAMA"，
加上一些手势，能谈上好一阵，
我怀疑多数人都像我一样，
只是出于好心陪他，根本不懂他的意思。
哑巴什么活儿都会干，
甚至会一些让我小时候感到惊奇的手艺，

其中让人们至今念念不忘的是"刨笤帚",
就是把黍穗和高粱穗脱尽谷粒,
经过几道工序后捆扎成笤帚。
我们喜欢看着那些被胡乱扔到他面前的穗秸
随他手里的丝线轻轻一转
变成结实的笤帚,每当这时
他脸上总是变得很严肃,完全没了
平时的那股欢快的劲头儿,
在我们羡慕的眼神注视下,他也没有半分得意。
我不明白为什么会是这样。

不知道从什么时候开始,哑巴这项供不应求的生意
慢慢消失了,也许是人们不再需要他那种老式笤帚?
不过哑巴很快就找到了新的营生:理发。
在乡里的集市上,他用一块已经发灰的粗白布
和自行车围出一个半圆,一把老式凳子放在圆心,
他的顾客都是上年纪的人,他们一看就知道这是理发的,
他们排队等着他用一把剃刀刮光头发,然后惬意地离去。
但是,也不知道从什么时候开始,哑巴的这项生意也慢慢不好了,
他的白布上不知请谁写了字:哑巴理发一元,
这是一个低到让人感觉不正常的价格,
但即使这样也不能挽回局面。
我也是在这个时候发现,他已经老了。

他开始变得沉默,像另一个一直沉默的哑巴。

他开始像所有村里老人一样，整个白天都在小学校门口晒太阳。

我也是在这个时候到外地上学的，几乎忘了他。

或者偶然想起，就像想起小时候院子外边的那些散发着温馨光芒的黑黑的枣树和高大的杨树。

过年回家时，他会非常喜悦地朝我打招呼，

一阵欢快但苍老的"ABAABA"，

他质朴的善良让我察觉自己已经变得世故和无趣。

我不知道应当如何向他表达我的感情。

前年春节，我和妻子乘出租车从县城回家，

路过村中心的大街时，习惯性地向哑巴常坐的地方看去，

我吃了一惊，一个瘦骨嶙峋的老头

趴在一根树枝上，目光呆滞，只能从脸的轮廓认出那是哑巴！

平时干净的脸上布满了鼻涕和黑点。

他竟然看见了车窗后面一闪而过的我，向我努力抬了抬下巴。

我没有停下，不知道应该怎样问他。

我也猛然意识到我实际上对他没有任何了解。

而这都是由冷漠累积成的。

"问你爷爷去吧"，爸爸一边帮我整理行李一边说。

爷爷是哑巴最好的朋友，但奇怪的是我听说他也是唯一和哑巴打过架的人。

"哑巴信得着我，"爷爷有些得意地说，
"有一天，他脸煞白，把我拽到他那院儿里，
我一看肯定有事儿！他把院儿中间儿一块地挖开了，
让我看埋里面的一个黑茅罐，我一猜就知道里头是钱！
一大罐子，全烂了！有钢墩儿，还有前几年使的老票子，
哑巴哪知道国家早换了钱了！
我比画着让他去银行换，兴许能落着点，
后来换没换不知道，人完了！当时就垮了。"

我听母亲说，他的几个远房侄子正在照顾他，
而人们最关心的是到底谁能得到他的遗产。
我以为他很快就会不行了，但他仍然每天坐在小学的墙角边，
和其他老头儿一样，和树一样，
坚持着似乎理所应当的存在。
我很快又把他放到记忆中熟悉的位置，
但想到他以及他内心的伤口，总让我很不安。
一种如尘埃的罪责让我透不过气来。

哑巴死于今年大年三十的晚上。
他趴在床上用"热得快"烧水时触电身亡。
初一早晨侄子们去拜年时才发现。
丧礼在族人的不情愿中进行着，毕竟是大过节的。
好在事情非常简单，棺材是去年就预备好的，很快

入殓下葬。

上岁数的人纷纷回忆哑巴以前的趣事，我也因此知道，

"文革"时期一位赤脚医生曾花了好几个月教他说"毛主席万岁"，

他年轻时最喜欢说的是"姐"，等等。

但竟然没有一个人知道他的年龄。

我一直没去看他的遗容。

我很快就回到了城市的生活中。

我不忍心想起他悲惨的遭遇。

我不知道有哪一种力量能帮助我超脱一切过失。

愿哑巴的灵魂在家乡的土地中安息！

高彩云诗五首·成长

送站

行李箱被你举到肩膀
用力推向我头顶的行李架
好像比你扛过的水泥袋还重。
只说一句,"我走了",
迈着大步朝车门走去
挺直背,不回头
是你一贯的样子。
你走过车窗时我们很有默契
不对视,二十几年的依恋像
一个秘密。

幸好车窗玻璃照出我的脸,
是你的神情;我一开口,
便听见你的声音。

2016/9

大雨

水泥马路上溅起的雨滴
和白雾连成一片
洗净这深秋和
长城脚下的校园
仿古教室的红柱子、绿窗框
更鲜艳了。一切都像是新的
除了想家成疾的我。

像一根高大的柱子
立在宿舍楼门口
你的雨裤有点短，帽子
遮不住整个头
看到我时你那么高兴
只说："走吧，回家。"

2015/11

炒花生

公鸡打鸣，一片漆黑。
火炕还很热，鼻尖微凉。

锅和铲摩擦的声音
隔着墙传过来，
妈妈又在炒花生。

一双棉拖鞋在灶坑前烤着火
胳膊不断翻动直到
花生的清香飘起，撒上盐水
呲的一声，冒着白气
更快地一阵翻炒后
白花花一锅
早饭后，它们被装进我的书包
温热透过羽绒服和毛衣
到达我的背，摩托车后座上
空气快速流动，透过睫毛的霜
看渐渐幽蓝、明亮的天空。

2016/7

卢舍那大佛

走在被人群规定的速度
看轮到自己的一个个石窟，
忘了目的。不知多久
才到你脚下。

我脱离长队停下来
仰望你。
喧闹的人群突然隐去，
只有垂肩大耳之间
巨石上清晰的面庞：
双眼轻张着，略向下看，
嘴角微翘。

凌乱的时间，仿佛所有路途只为通向
这一刻。我凝视你的美，
一切都被安慰。
这神秘的熟悉感，
你必定了解我的全部，
可以让我把痛苦交付。

人群滚滚向前，我无法停留。
回头看时，你仍在空中
蚂蚁般的人群之上。

2016/5

傍晚

草坪散发出浇过水后的

青草香和泥土味,
它油绿的光泽正暗下去。
竹叶干燥的声响下面
竹笋在悄悄探头。
抽出少量嫩芽的高大槐树
仍像个影子,
花园里看不见人了,
一条陌生的狗趴在我脚边。

突然飞起大群麻雀
叽叽喳喳的叫声,
潮水一般汹涌、此起彼伏,
整个天空响起回声。
接着是一阵停顿,
风吹响竹叶作为回应。

光渐渐消散了,
花园里再没一点声音,
除了我心中一直在回荡的乐曲。

2016/4

郭溪诗四首·那年冬天

停留

大雨两天后
枝头托不住浸透的桃花
松沓沓的绿茵上
铺满落红。

我只在外边看,
怕踩出粉嫩和乳白的水印
传给它们多余的沉重。

旁边一字排开的
冬青刚拱出些嫩叶,
也帮着托一些花瓣。

四月末,杨絮开始飘了,
像池塘的蝌蚪偶尔悬浮于
某个透明的层面。
换了薄衣裳的人
承受着随雨而暖的春。

庞大的泡桐树

开着淡紫的小喇叭。
长长的柳枝在湖边
够着地,听根须
从地下传来的声音。

初长的银杏叶整片朝里卷着,
只有叶尖垂垂向下
这不伸展的蓬勃却不迟疑——
它的忧喜源于自身
与外界无关。

校园即景

槐花白色的影子里
藏着月光,
满满的,兜起它的轮廓。
淡淡的花粉勾出花的背影。
抓一大把放嘴里,香得呛人。

蛙鸣激起湖的情绪,
太阳晒裂的椅子却不动声色,
匆忙的人们都回了宿舍,
剩下的那些撒娇也都收在坚实的怀抱里
蛙声越来越大……

我的书被分成两面，
阳面映着高空的云
阴面呜咽着风的低语。

那年冬天

一

大片的云遮住我们
我叫喊着，你快点！
一只手透过缝隙
拨走厚重的云，托起我，
让风吹起。薄薄的边儿吹散
没有像雨滴落下
而是像雾被赶走，我看见
你久违的笑容。

二

那晚，桥下有个装水泥的袋子
可你偏说是个流浪汉。
我们一溜小跑
过了短促、嘟嘟的红灯，
过了卖花炮的地摊，
我们猫着腰

跳着绕过咚咚的二踢脚,
穿过没有人的单行道,
被你拖着往前。
看见发亮的广告牌,
我们到了,而你的手
从未放开,那么温热。

北京味

不快乐了,不需过问
见了人还要笑,不说话
"哈哈哈"一个声音灌进耳朵
接受这闲适的不快吧

接收这拥挤的时代气
你叹出的气却没人在乎
火焰,顺着睫毛勾魂

你投射的目光
一年平,两年豁,三年入苔藓。

看,石头全黑,和着灰泥
掺进去,你把这口气咽下去了?
什么味的?那声音说:
"一股北京味!"

李昶伟诗两首·雪

失踪

总是在神秘地丢失一些事物,若干影子:
有时是一把钥匙、一双手套、一张公交卡,
有时是几年未见的衰朽的邻居,
有时是八字中趟不过一条河,爬不过一个坡的亲戚,
有时是惦记过他的微笑的孩子。

以前总会相信,一时不见,
在某个突然的瞬间总会出现,
让人乍惊乍喜。
但是渐渐的,失踪的本意逐步昭示,
就像一张鬼脸,嘲笑期待。
那些失踪的物和人,
是一只狐狸,用尾巴扫除过往痕迹,
又像个会遁地之术的小妖,让你明白失踪者去意已定。

只是太晚才发现,失踪就是永不再相见
真的不再相见。

2015年,2017年11月改

雪

有一年,妹妹和我去拜年。
十几里路辗转,
公共汽车倒三轮小卡,
小卡突突突冒烟,柴油味扑鼻。
南方的冷,如影随形,
像置身一片冰湖,
湿气冰成体内一个橄榄状的核。
直到下起雪霰,才恍然。

雪在空中扬絮,又像无穷的灰烬。
我们的任务是两家,妈妈的两姊妹
三姨在镇上,小姨在乡下。
妈妈叮嘱,三姨家不能久待。
风湿性心脏病那时还没把她击垮,
只是脸色常是紫灰的,声音轻得我们听不清。
我们无心吃喝,因为在下雪,
三姨一如既往地挽留,再给我们找伞。
走山路去乡下我们兴冲冲,
撩一撩刚趴上小灌木树丛的雪,
像潮湿的鸟儿,它们
轻轻跌落,"啪"地融入
地上的一摊水和泥。
那些冰凉之物像果子,

未等赋形,便被我们捏走。
脚指头冰冷,手指头通红,
抓着雪的双手翻转,像捏着一个小冰锥的痛,
没事,再等等,等痛消散了之后
皮肤的热就赶跑了冷。

雪下得大,丛山慢慢像林莽中的白色巨象
屏息不动,雪点越来越密时,
又像所有白象在迈步,挪入
逐渐昏暗的夜色中。
很长时间,路上什么人都没有,
远远的,恍惚有几声爆竹,
但阒寂无人的一瞬间,
静默得吓人。
我们谁都没有说话,
只是心照不宣地跑起来,
不敢往后看,又忍不住张望。
雪线打在脸上,妹妹的睫毛湿漉漉的,
她还那么瘦小,远未长开,
像头黑色的小羚羊,惊遽地眨眼。

山的领地终于抛到身后,
闻到了风里飘来的烧稻草的味道。
进入人烟之地了,
狗叫,孩子掷几个摔炮的炸响,
甚至大人咳嗽、吐痰的大声,

都让人心生谢意。
我们拐进小姨家老旧的天井,
坐在烧火的炉膛前很久,才暖和过来。

我抬头从厨房的小木窗望出去,
雪,静静地掉进天井的水池里,
瞬间不见,不留一丝痕迹,
一层冰却在不注意的时候凝起,
明亮,剔透,自边缘向中心
如此前此后所有时候一般。

2017/12

李君兰诗十首·北太平桥西

整个冬天我无所事事

整个冬天我无所事事
早晨醒，夜晚睡
床前没看完的书越摞越高
厨房里碗碟披一身细灰
指甲油脱落斑驳，如年深日久
受潮的墙皮

我不关心暖气、热水、
棉衣、食物，以及
晴好的日子晾晒棉被
整个冬天我无所事事
只因为你，彗星般出现
又消逝

2009 年

暮春

今天凌晨,布谷鸟回来了
她和这个春天一起
姗姗来迟 而你
多年前我已知晓
你一离开
就不再回来

注:今年第一次听到布谷鸟叫声是在 5 月 14 日晨
2010 年

今天天气闷热

今天天气闷热,
吃过午饭就昏昏欲睡,
可我正在加班,
还有一篇枯燥的稿子要写。

为了抵挡困倦,
我拿出春天买的茶饼,
站着把它掰碎:
先用手指掰下一小块,

再一点点按层次撕开，
最后让茶叶散落到空空的大纸盒里。

茶饼外缘松散，
越到中间就越紧密。
我小心地用力，
生怕刮花了昨天才涂的指甲油。

我心不在焉地一块块掰着，
一点点撕着，
桌上到处是散落的茶叶，
干燥的茶香如细尘弥漫。

忽然想起那一天，
有个人把我紧紧抱住，
低声说："愿世界在此时毁灭。"

2010 年

给松猫小姐

窗台下两盆薄荷，
一盆大叶，一盆小叶，
早晨我忽然看到它们

枯死的身躯!
如今是同样
蔫垂的枝茎,卷曲的叶,
我居然忘得精光!

十天里,我曾多次
靠在窗台看外面杜仲树影,
听夜空中布谷鸟鸣叫,
我多次感受雨夜
寂静的甜美,和六月
晴空的哀伤。

这些时刻,
有两株植物,就在我的窗子下面
静静死去,想一想
便觉惊心动魄。

我心慌意乱浇水,
试图挽回离去的生命,
那紧张强烈,远胜过面对
流逝的自己。

想起十天前,你笑盈盈
把薄荷放在这儿,还嘱托我:
隔天浇水,一次浇透。

2010 年

我说你会忘记我

我说你会忘记我,
你总是不信。
可你也知道,
连美狄亚都会被抛弃。

我说痛苦会跟热情一样短暂,
也许只要转个身,换件新衬衫。
你听不听我不管。

我只想躺在麦地里,
看白云变成乌云,
乌云变成夜晚。

2010 年

从冬天到夏天

从冬天到夏天,
一分一秒,我在扼杀
对你的思念。

写字,喝茶,晒太阳,
买菜,读书,喂野猫。
从露珠开始凝结,到
天空升起月亮。

然而有些眼泪
总是猝不及防,如同我
对你的想往。

2010 年

秋天的夜晚

秋天的夜晚,刚加完班,
回家路上,忽然下起了雨,
树梢洒下湿润的凉意,

我走进一条胡同,
安静,泥泞,
路边每一格灯光里,
都传来食物的香气。

我走过一处工地,
迎面有车灯打来,

我慢吞吞避让,满地泥浆,
闪着耀眼的黄。

此刻走在回家路上,
忽然想起我是个多笨拙的姑娘——
自从认识你,
没有一件事做得对。

想到这里我忍住眼泪。
我们之间全是猜测、误解、和冷漠,
这一切都是因为我的笨拙。

从依恋到憎恨,
多么轻而易举!
昨天还阳光灿烂,茶杯里映着欢颜,
今日就已阴雨连绵。

此刻走在回家路上,
我想起我是多笨拙的姑娘——
杜仲树下那只小小的玻璃杯,
正和我一样盛满雨水。

2010 年

山谷

树木和群山隐入大地,
把夜晚交给天空。

我躺在屋顶,
犹如躺在虚无。

我闭上眼睛,
仍然看到满天繁星。

此刻,
牛郎星已跨过银河,

而织女星,
她正掠过我的前额。

2011 年

处暑

——给鹤飞，你说这是你的爱情

在这夏秋交替的季节，
夜深人静的时刻，
我又想起你。

想起你，
就是想起我的屈辱和卑贱，
你给我的伤害无人能敌，
却是以关爱的名义。

多少个夜晚，
布谷鸟叫声嘹亮，
我痛彻心扉地想你、恨你。
你一副无动于衷的背影，
你一脸通情达理的模样。

遇到你之前，
我多么骄傲！
那么多年！
纵使命运沉沦，
也不肯损毁丝毫。
金钱、名誉，甚至是爱，
我都可以不要！

然而你一出现,
世界便开始动摇。
这一切如何发生,
没有人确切地知道。

时至今日,
又一个秋天已经到来,
我依然不能将你忘怀。

纵然,
每一个秋天,
都像是最后一个秋天。
每一个夜晚,
都像是最后一个夜晚。

        2011 年

惊蛰

天气这么好,我坐在窗前,
看一队浅灰翅膀的鸽子
在楼顶盘旋。
红色、黄色、蓝色、绿色,
一座座高楼铺向远方。

如连绵群山。
山谷里，一排耀眼的光自东向西，时隐时现，
一列白色的火车正缓缓驶过。
于是我决定写一首春天的诗：

"动物和植物一起苏醒，
爱情和春天一起到来。

天气这么好，可是——"
可是为什么，

天气这么好，我却
我却这么悲伤。

2012 年

李俊勇诗六首·注经者

爱

从未见过这样的美:
相见前是你焦灼的渴望
第一眼就使你沉醉
从此心神不安宁,
直到在断续的交谈、短暂的会面
和漫长的思念中感到
它已不可遏止地来临!

我再一次醒来

某个凌晨,你
把我点燃。
我又一次看到星星
冰凉、闪烁,在黑夜
无际天空的上方。
我再一次醒来
从十年余烬的梦里

确认你的温度。

思念

它疯狂地在内心生长
如一颗种子发芽、抽叶
变成参天大树。
枝条以藤类植物的触须
沿着骨节和胸腔蔓延,以及
皮肤和器官之间所有的空隙。
它们通过血管如火车驰过隧道,
轰鸣声震彻了经脉。
又从所有的孔窍中钻出
迅速裹紧全身。
它将纠缠如童话中的魔法,
直至你的到来。

注经者

解经不守家法的宋人遭到了
这国土上最后一个王朝的指责。
他们推翻汉人的注和唐人的疏

甚至怀疑起经本身,像王柏。
但他们至死都无法摆脱
这注疏织成的密网,清人
也一样。

由经而传,从注到疏
经学的长河中汇聚起
经典之爱的无限。

已经到了总结的时代,
汇校、集注和集评,把过去的一切
固定在书册里。
他们以为已毕其功于一役。但,
他们仍走着何晏和邢昺的路。
《论语》的读者不断衍生的妙文
又由谁来清理?

我是一个注经者,
有着汉人和唐人的坚贞,
并且愿意相信:始终如此
就像对你的爱,直到
危机的时刻来临。

南浦

轻拂琴弦的手弹错了
一个音符,
终于无法收束。
他和暮色一起吞咽远方的帆影,
江面吐出渔火。
现在终于可以肯定:不会消逝的
唯有天光的明暗和脚下
流水的声音。

那铃久已不敲

那铃久已不敲,
敲铃人还在,但老了……

八十年代,村里开会都靠它,
叮叮的声响穿过每一条过道儿,纤细成
一根丝,直到村子尽头。
人们吃过晚饭,闲谈、打牌、听评书,
但铃声全听得到。

那时,高音喇叭是全村的梦想,

如今早成陈迹。数里外,
高速路彻夜轰鸣。

谁还会想到它?
一身铁锈,铸铁的凹形长槽。
谁知道那东西在哪?也许
早已熔身在某件铁器里,
连同过去的宁静。

刘巨文诗八首·寂静

北 方

滹沱河在北方蜿蜒，
穿过大片村庄密布的平原。
太阳升起落下
人民在这里生活——
他们结婚，生子
盖起簇新的砖瓦房；
开着拖拉机在田地中轰鸣，
建起污染严重的玛钢场，
应付各种骚扰，
还有，气候变化带来的苦恼。
他们超越傲慢之美
和孤僻之痛，默默忍受，
爱着这里，从不打算离开。

2007/12/11

蒲公英

多年生草本。根垂直。
叶莲座状平展,矩圆状倒被针形或倒被针形,
长5至15厘米,宽1至5.5厘米,
羽状深裂,侧裂片4至5对
……
……
……
广布于东北、华北、华东、华中、西北、西南;
朝鲜、苏联也有。生田野、路旁。
全草药用,有解毒清热等效。

今天,在保定省监狱旁一间狭小的屋子里
在窗外彻夜不息的汽车轰鸣声中
在科学出版社1994年版《中国高等植物图鉴》中
我读到了以上介绍,并感到困惑。

这种植物曾遍布我的家乡,河北平原。
我曾提着篮子在田地中四处挑拣,充作小菜,
也嚼碎过它,敷上割破的手指止血。
它有另外一个名字,在我的方言中,
但我忘记了,让人心惊的是
——我忘记得太多。

2008/04/27

拖拉机喷吐着黑烟……

拖拉机喷吐着黑烟
嗒嗒响,缓慢前行。
大块大块新鲜的泥土
被犁翻开,滚落。
我蹲在耙上,奋力摇摆。
耙齿击碎泥土。
完活后,大人们
坐在地边休息、抽烟。
我坐在地头喝水
呼吸平整湿润的田地
甜腻腻的气息。

2008/12/26

傻三儿

傻三儿姓吕,大号叫什么,我不记得了。
我记得他总戴着黑帽子,穿一件破棉袄,
趿拉一双破鞋,一年到头,去县城要饭。
他爹不管他,嫌丢人,经常揍他,一打,

他就跑到派出所报警。之后，电驴子就突突突来了，给调解一下，也没多大用，来了几次，就不来了。

那时候，我挺失落，因为看不着电驴子。他也能要点钱，要了就藏在他住的破屋，没想到被几个坏小子盯上，晚上被摸了。他又报警，还是没找着。他就更傻了。

还有什么，我记得？嗯，有一回，我骑自行车从县城回家，他正在公路上晃荡，看见我，一下子跳上车，说驮他回村儿。我没把住车，歪扭了几下，摔了，哭着骂他，要他赔车。他笑嘻嘻走了。

多少年前，我高中，听我爸说，傻三儿死了，被车轧死的，又听别人说，是叫一辆拖拉机撞了，伤了腿，开拖拉机的说拉他去医院，大概是傍晚，还跟熟人打招呼。第二天，有人看见他在公路上，轧平了。谁知道是他？警察也整不明白，后来在肉里找着张身份证，才知道是他。大家猜，开拖拉机的不是东西，趁天黑没人，把他推下去的。

他爹去收尸，实在捡不起，就用铁锨铲，装化肥袋子，找副水泥棺材埋了。埋哪，大家都忘了，因为乡下的习惯，不结婚，不能入祖坟。

2012/2/1

杨思锐

生儿子、砸金花、打老婆，三件事儿，
他最喜欢。先说生儿子，计划生育前
他就生了两个闺女，老娘不干，
要传宗接代，自己也觉得没个儿子不行，
村里抬不起头。九十年代计划生育，他和老婆
跑外地，又生了一个，可还是闺女。
回来被乡政府抓、打、罚。后来又跑，
家里来了个一扫光、牵牛、搬电视，
房子也被推了。一家老小抱着被子哭啊。
他还爱砸金花，脑子又不清楚，除了输
还是输。赌钱的人特爱招他，一晚上
让他赢五千，细水长流地再搭进去一万，
都是修理地球，干苦力挣来的钱啊。
他老娘不敢闹，他老婆闹啊，
哭、上吊、喝农药，好在没过去，
他也就消停几个月，再接着砸。
老婆再闹，再闹就打，反正也生不出个儿子，
打，从改革开放前打到改革开放后，
打得村支部书记说"妇女能顶半边天"，
骂"你就是个王八蛋"。赌输了他就更打了，
也没见打出什么手气，倒是有一次
把手打骨折了。打到二十一世纪

他突然不打了，开始喝酒，他老婆
敞开口让他喝，说醉死他个狗娘养的，
就跟闺女过。可喝进医院，又哭天喊地地
借钱抢救，他闺女不乐意了，说
她娘是吃饱了撑的。再后来，我听说
他不喝了，也不砸金花了，大闺女和二闺女
嫁到邻村，三闺女嫁到本村，都老老实实过日子，
没一个像他。前两年，我见他了，
在赵松家小卖部，正抱着三闺女家儿子
打麻将呢，五毛一块的，乐呵着呢，
问我，听说你在深圳干装修，发了？
我说哪有，都是过日子，能图个啥？

2015/5/3

老宅

老宅，黄老宅，你还记得他吧？
咱们高中同学。上学那会儿，他们家真不错，
开着个家具厂，有钱，请客儿，砸金花，
跟东江和蛋哥他们，可他妈让他们
给蒙了，打架也猛，还替我揍过那叫
谁来着？忘了。我不敢打，他就说我怂。
唉，老宅就是傻，缺心眼儿。

你上大学那会儿,他去天津了,
学什么工商管理,后来回家跟他爹
干家具厂,我听说,一年三十多万,
结婚了,媳妇妞妞的,生了个儿子,
让我起个名儿,我说就叫"黄书"吧。
他说我净扯淡。我还真下功夫了,
查了好几本词典,黄历什么的,
起了好几个,可费了劲了,他说
不好,不响。我说你儿子,干吗让我起名?
他说他想好了,就叫"大炮""黄大炮",
多响。后来,我听老王说他离婚了,
老王说老宅这人不正闹,天津上学的时候,
就天天去网吧玩游戏,学校好几个月
见不着人,还招呼同学赌,给开除了。
回家干家具厂就是因为这个!干你就好好干呗,
净想歪的,还赌,你想他那个脑袋
能赌钱啊?输,输急了就借高利贷,
我听说有五百多万了,还不上人家要剁手,
他也借不着钱,就信用卡套现,
还不上银行也不干啊,差点让经警抓了,
还是老王给活动的,没进去。
他找我,我哪儿敢借给他啊。
"他也找我了,没说欠高利贷的事儿,
说最近手头儿紧,周转不好,问我有没有。
我说我卡上就三千多,他没借,
还跟我开玩笑,说你这学上的,都博士了,

还这么个鸟样儿。"
去年他复婚了,你不知道吧?
这样的媳妇哪儿找去,
还跟着他,不是为了他们家"大炮",
早完了,也不知道他媳妇怎么想的。
最近他迷上买彩票了,我听建国说的,
他们住得近啊,天天买,双色球、大乐透,
天天开奖。前几天给我打电话,问我干啥呢?
我说还能干啥,给孩子喂奶呢。
他说你堂堂师专中文系毕业,也不看点
文学,写点小说。他正看什么
"美女总裁被下药,求我帮忙",还有什么
"穿越大唐,给李世民当上门女婿"呢!
这都啥啊!我听他媳妇旁边儿骂他,
"穿,穿,穿,穿你奶奶个卷儿啊!"

2015/5/8

王 振

没人比王振更倒霉了,我跟你说。
早先,他不是拉砖吗,从村儿里
砖厂给人家送,一车几百块,
能挣个几十。我问过他,

都不够抽烟，媳妇儿又生了一个，
表妹超生的闺女，他也养着，压力大。
后来他又养鸡，在村北边儿，
盖了养鸡场和几间小屋儿，
老婆、孩子、爹娘全在那边忙活。
挣着钱了，那几年，卖鸡蛋，
卖肉鸡，人精气神儿也不一样。
再后来，他看着建材不错，
好些人都发财了，连赵蛋都行。
他就跟个亲戚弄了一个螺丝厂，
就在养鸡场那儿，给别的厂子
送螺丝，真好了两年，
可金融危机一来，就半死不活了，
外边的账不好要，他也没办法，
亲戚也弄掰了。
顶账顶来一辆桑塔纳、一辆捷达，
换着开，也挺带劲儿，就是费油。
前年他出了个大事儿，开车
把一小孩儿撞了，就咱村儿
老李家那孙女儿，吓傻了，
跑去叫人，给定了个什么出事逃逸，
咱也不知道，拘了十多天，
赔了十五万，才捞出来。
出来的时候，一块儿喝了个酒，
洗了个澡，用盐搓，得去去晦气。
他媳妇儿这个哭啊，说没法儿过了。

唉,也是,人起起落落,
活着活着也就明白了。可得奔啊,
他又想着养点鸡,不敢干了,
现在养鸡场太多了,不比鸡少。
前几天他给我打电话,琢磨着
养牛呢,不知道谁,说是他一个朋友,
肉联厂的给介绍的,交两万押金,
替人家养,每年固定收,不用考虑卖。
他有点怕了,要是不给钱怎么办,
就怕肉联厂吹牛,糊弄人。
他说,咱不一样,活着是为了养牛,
不是吹牛。我觉着还行吧。

2015/5/11

寂 静

一
每年春节,我们都会来这里,刘家的老坟,
上供,拜年。我们烧纸,把一团团火送到
每一个坟头,他们就有了一年的花费。
之后老老少少排成一队,磕头,
像根粗绳,在地上扭了一下。
最后是放炮,二踢脚,震天雷,挂鞭,

接连炸响。孩子们穿梭在刺鼻的硝烟中,
升起兴奋的尖叫,而老人们指指点点,
议论着这些年渐渐多起的人丁。

二

中亭河不知年月,流啊流啊,一到冬天
就结了冰。我们每个人,都像一根鼓槌,
沿着河岸,走到刘家另一处的坟地。
我们在清冷的天空下穿行,鞭炮声
一波一波震动着打霜的田地。我们聊
谁赌钱输了,谁去年挣了钱,谁的老婆
跑了,孩子太小只好奶奶带,或者
小声说几句二爷爷和三爷爷的争吵。
走着走着,我们就变成一个个绳结。

三

寂静等待着我们敲响。我们
再一次把一团团火送上坟头。
这是爷爷奶奶的,老爷爷老奶奶的,
多烧一些,挨着的是大爷爷那支的
也要烧一些。老人们开始争论
以后怎么埋,深浅和朝向,风水之树
在我们头顶摇摆着。我们又一次
跪下,放炮,寂静在嘈杂中
从大地深处呼出自己。

四
我们悬浮于寂静之中?是的,
有人手牵着手,有人扯着别人的脚,
有人干脆卡住了别人的脖子,
三个五个在光影中晃动。
而我,一样?只感到有什么东西
漫不经心就完成了。回家的路上
鞭炮并没有停歇,一样的声响和气息
从更远处涌来。我们还是聊着家常,
一步一步走着,敲打着。

2015/5/20

罗佐欧诗八首・你的身影

四月

像珍藏秘密一样，我记住了它们：
雪、糖果、竹笛、裙子、白色雏菊和松软草地……
你多喜爱的一切，还有这个四月，大地开出花朵和春天。
坐在你身旁，多少话语升至嘴边又坠入沉默，
可我能呼吸到你衣裳、发间散溢的细微芬芳，
能觉察湖边每阵晚风抚过皮肤的湿润和清凉。
哦，你的眼睛是旋涡，你身上凝聚着令我眩晕的光；
在注视、靠近你时，我全然消融于你——
唇舌相吻的瞬间，你我心跳急促、血液沸腾，
整个世界在四周颤动。

2012/5/11

推门进来

推门进来，暖湿空气自内涌出、扑裹我。
床上缀白叶子的深蓝色棉被凌乱铺开，

粉红色睡衣随意卷叠，挨着我的黑色短裤，
靠墙堆放的一排书参差不齐，
浅黄色窗帘被光照亮、玫瑰红底边耷拉着；
床尾的桌面上，草绿水杯没盖上，一袋薯片
吃了一半，透明塑料杯里还剩些小米粥，
忘了关的转页扇还在"嗡嗡"吹拂；
另一侧地上，牙刷、洗面奶和香皂杂放在脸盆，
我的白布鞋和皮鞋间，一双粉红色拖鞋
和一双紫白相间的休闲鞋，少了白色帆布鞋。
是的，她刚离开，房间里的一切还萦绕着
她的气息、她的笑容和声音，甚至还有灵魂；
就好像我俩拥吻之后身上还弥留的那种温暖。
但多奇怪，我突然战栗、感到一阵害怕：
她竟不在我的身边，至少此刻、再见到她之前。
有一种回头跑出去的冲动，去寻找她，
它简直可以持续支撑我抵达世界的边际——
尽管我确知，她会回来的，而且很快会回来。

2012/6/22

给旧年

确凿如一天的逝去。
我仿佛听到它从头顶

呼啸而过，又是
多么深不可测的寂静。

回顾时才觉流年似水，
怎样也握不住，
那些响彻着你的笑容、
气息与拥抱的瞬间。

正如在幸福的间隙，
我常感到置身于
深渊的边缘——
你越是珍贵我就越脆弱。

而这一切际遇和经历，
足已值得庆幸：
活在有你的世界，
像走在光中，朴素又神奇。

2014/1/1

背影

稀疏、轻柔的雨滴打湿每一株草木
发出密集的缠噬声，携带水汽的凉风

拂动山影,在湖面掀起层层圈纹和细浪。
一切是多么美,我却心藏忧伤
甚至没有为跑了这么远才见到她继续激动。
每到一个地方,朋友都细心地讲述那些我不了解的,
我一个劲地点头、礼貌性地顺着手指的方向观看;
而目光却一次次地返回前头沉默的背影:
她打着粉红色雨伞,干净的白外套和浅蓝牛仔裤
线条迷人,棕色短靴小心翼翼地越过坑洼。
我不停地看见另一个我
钻进她的伞下,轻轻地搂住她闪闪发亮的腰。

2014/12/1

春天

向我们呼啸的,不是列车,
而是窗外连绵的油菜花。
稻田,屋舍和山峦越是寂静,
那层层加深的绿就越嘹亮。
一抵达这湿润的江城,
樟树的清香就像风一样沁入呼吸
使身上的每个细胞哔啵绽放;
灌满灯光的樱花照亮夜色,

欢声笑语浮动人群之上，
蜜蜂般穿过花朵与花朵的间隙。
在林荫道里，我一遍遍地
聆听众鸟的啼鸣
感到它们不是从树林深处
而是从春天的肺腑传来。

2015/3/22 武汉

你的身影

你的身影出现在我眼前，
一如昨夜，云朵般浮在梦的顶部。
在地铁拥挤的面孔中，
我真把某一个人错认成你。
你的脚步萦绕着我
隐秘、轻盈，如无处不在的钟点。
你站在马路边，像那棵
正被缓缓淋湿的槐树，冷得微微颤抖。
雷声低鸣，仿佛是我听到了
你醒来时那温和的心跳。
当抬起头，我看见你
是这场清晨的雨，覆盖我和整个天空。

2015/7/17

地铁里的一位姑娘

车门一敞开,互相推搡的
黯淡人群奔流而出。
她经过:一道明亮的闪电
炫目而迅捷。
她是谁?住在哪儿?
每天如何在这座巨大城市里生活?
可连她的模样都来不及细看……
只留下遗憾与惊讶的雷鸣
激荡我的内心。

2016.2.23

黑土地

一
石板街道,巴洛克墙檐,
还有,马迭尔冰棍。
我在神情恍惚的人群穿过
见不到你。

二

在夏天广阔的晴空下
万物燃烧，
窗外飞驰的黑土地
肥沃而明亮，如同我的忧郁。

三

一朵白云梦见了我。
我也梦见许多的轻盈与虚幻。
我更渴望从颤动的长梦醒来
抱住环绕着你的，坚实的世界。

四

我该如何承受这隐秘的
爆炸性的时刻？
在沉睡和欢笑的间隙，
在你永远也听不到的沉默中。

五

它们曾是多么疯狂热烈的
火焰，从大地内部喷涌而出。
又以多么惊人的速度
成为这一望无际的广阔荒芜？

2017.8.16

马炼诗两首·给小芳

给小芳

谜一样的命运让我俩相遇
从贴条租房的炙热七月
到拎着开水壶上自习的寒冬
我们像离群的孤雁
形影相随。
理想之花,被三月的巨石碾碎后
命运的手掌又把我们拨到北大身边。
低伏的平房掩在隐秘的巷子里
踮起脚就能看见
那令你尖叫的梦和弃你而去的恋人。
我们去未名湖边散步时
你总是不断地从别人脸上看到他的面容
看到他高大身影里你全部的爱。
藏起思念 浸在56°的二锅头里
然后抱着他宿舍下的核桃树哭一夜
直到看他把灯熄灭。
那些隐秘的伤痛你还能向谁说起?
十月的银杏 摇起手中金黄的蒲扇
把风吹往更高的蓝天

我们就着落日的余晖
和银杏一起
和小菊花一起
金黄地闪光。
谈起保定的烤鸭和金记凉皮
我们总是满心欢喜,
似乎还能闻到
它们在考研的日子渗出的诱惑……

横山寺

山路拐过喧嚣,
寂静如同虫鸣在耳边
窸窸窣窣
细长的根茎从岩石缝中送出
一丛丛热烈的面庞
迫不及待地想得到赞许
啊!美丽的野菊
在我没来之前你也是这样吗?
黑沙石领着路,切开簇拥的林木
寂静让万物发出声音。
我仿佛回到自己的体内
在黑暗中倾听
虫鸣、鸟叫、树叶翻动,蜜蜂纠缠花瓣

仿佛一切本该如此。
松枝摇落满身枯竭，
一根一根发丝般散落在地，
在记忆里这是上好的引火柴
于是在心里生出一柄竹耙
四下将它们归拢。
观音台在山顶树木的包围中凸显
层层展开的台阶、干净、通达
像虔诚的朝圣者，
每迈一步都使我内心安静，
每一次回头又像在镜中看自己。
太阳点亮观音大士身上的光芒
庄严，肃静，慈目低垂
我在心里祈愿世界和平，远离战争。

秦微生诗两首·贵州

午后

1
时间以水的声响流动,
风轻推着远处田间
正弯腰插秧的人
低矮连绵的青山,守护
谷地间葱翠、静谧的杉林

2
一辆班车时隐时现,
在山路,无声绕转
间或停下、起动
带上身背行李出行的人
车尾留下一股,浓重的黑烟

3
近处坡地,吊脚楼高大、坚实
依地势而建,错落有致
阳台上,晾晒的衣服随风轻摆
一只红鼻狗吐着长舌头

趴在路边,无视来往

4
枫香树的荫凉之上
蝉声恣意、欢畅
太阳火辣辣直射,眯起眼
天空狭窄得
使人睡意浓浓,不愿出门
5
一群孩子。黝黑、瘦小
突然从街角涌出
你推我挤,露出洁白牙齿
欢笑着,冲我挥手
"嘿,走,游泳去。"

2011/6/24/ 于排调小学

红色儿马

1
四月,一个湿冷的季节。
南方山区深处,接天连夜阴沉
那里雨水汇成溪水
蛙鸣混着虫语,

春风拨开低矮的云层
房屋、道路、树木被冲刷一新

2
雾气从谷地爬升,
像轻柔的河水充盈四围的山
它簇拥每一株草木
带着泥土的气息,
涌进一个来自异乡青年的窗子
使他的思念更加潮湿,
那些至亲的人和曾经的事

3
这天气像是拧不干的雨衣。
它使你的幻想充满水分,
原来所想的生活,可能并不是这样
窗外蛛网上,大蜘蛛不见了
只留下一张挂满水珠的陷阱
青年的病情貌似又加重了。

4
去医院的路看上去他很熟悉。
出家门路过一棵垂杨柳,随风轻摆
他吃力地登上几级人凿石阶
穿过几户人家,门前贴满红色对联
再转入一个窄巷

他不经意遇到它，纹丝不动地站在原地。

5
它横在路中，一匹通体红毛的小马驹
在小腿和臀部沾满了泥浆
马鞍扣在脊背上，肋条凹陷清晰可见
它眼睛明亮，炯炯有神
在瞳孔中，仿佛闪出青年的迟疑与惊讶
他们似乎都在等着什么。

6
它的鬃毛修剪齐整，脖颈略显修长而俊美
尾巴左右抽打，不自觉地赶着苍蝇
青年倚着木房不敢过去，可能怕它微微抬起的后蹄
他转身弯腰拔了几株小草，
探着身子踮着脚伸长手臂，把草送到儿马的嘴边

7
儿马突然打了一个清脆的响鼻
四肢来回走动，晃着它桀骜的头
拉扯缰绳根部的铁环，叮当作响
青年连忙后退
看着这匹还未驯服的儿马，不知所措
他们都陷入了困境。

8
儿马的主人扛着一个滚圆的袋子，
从下面米仓缓缓走上来
肩膀一缩，厚厚一袋粮食就甩在它的鞍子上
它身体倏地向下，四肢弯曲又弹起
它的腹部一鼓一鼓，胸脯挺着向身后退了几步
看来它还没有完全适应负重的工作
主人赶忙拉紧缰绳，微笑让青年侧身走过

9
青年用眼睛瞄着儿马踢踏的后蹄，
他沉重的身体，仿佛突然变得异常轻松
快步跨过，径直蹦上石阶
他听到儿马在身后不断嘶鸣、咆哮，
医院就在前方。

2011/4/27/ 排调 7/28 香河

申聪聪诗五首·出游

梦

我跳舞，穿一件从未穿过的裙子。
在起舞的人群中，我被牵起了手。
前面传来整齐的踢踏舞步，
人群涌向道路，连大地都在摇晃。

有人踩到我的脚，我又扑向前面，
人们乱作一团，又数好节拍继续跳。
舞曲一结束，女孩儿们就争抢
堆放在路中央的绿色气球。

"哎呀，那是我的！"嗔笑声越过
头顶，惊飞了路旁屋顶的灰鸽子。
那是谁正弯腰，就被人推倒，
一屁股坐在地上。哈哈……

啊，欢乐的人群和我，而你不在这里——
你覆盖在我的睡眠之上像天空覆盖云朵。
我痛苦地感到你是一切，可一切不是你。
你永远也不会现身，在你我之间隔着万物和梦。

月亮

你先走了,我自己在广场上走着。云像一只大鸟,月亮成了它的眼睛。独眼鸟。云太大,看上去不是云在动,而是月亮在动;不是鸟在动,而是鸟的眼睛在动。慢慢地,鸟沉睡,翅膀仍张开着,头埋进胸脯,然后慢慢消退,最后不见了,但它把眼睛留在了我的头顶上方。那只奇异的眼睛,梭形的,上扬的眼睛,在脸上不断移动位置,看上去拥有万种情绪的,现在单独留在空中的不安分的眼睛。多像我的爱情。

晚餐

我们走上街找饭馆,看到一辆
停在路边的大车被众人围着
像是车祸现场。我们也走过去:
司机穿着侍者的衣服,左臂上
搭着一条白毛巾。他
先是叫围观的人走开,
又邀请路人进他的车。
没有车窗,能看见车里是
十来张圆桌,桌上

摆着茶具，看上去很整洁。
我听到周围的人说：
"现在的人呐，想钱想疯了……"
是啊，他的车里没有一个客人。

我们走进旁边的一个西餐厅
（更像一个俱乐部），找了位置
坐下。面前的桌子有灰尘，
我叫服务员来擦一下，他
在柜台后面头也没抬：
你们可以垫些纸！
我环顾四周，有的桌子
确实铺着大张报纸。
你点了一个蔬菜沙拉——
本来是我请你，可我发现
钱包落在你家了，你说：
"还用你请吗，以前
都是我照顾你呢。"

对，刚才我在你家时你并不在。
我身边围坐着我们共同的朋友，
他们说你一些方面很前卫，
另一些方面又很保守。
还说了很多，我没再听，
我只想见到你。
我看着菜单，犹豫该点什么，

这时铃声振动，我翻开手机——
是早晨七点的闹铃把我从睡梦中唤醒。
哦，将近四年我们没有联系，我被
时间用力抡个圈甩出你的生活。
现在，就让我停驻在梦和醒的
边缘，就让我们一起把饭吃完。

出游

夜里三点我就醒了，房屋外面的
杨树林沙沙作响。我走出门外，
被太阳晒了一整天的空气
现在像发酵后多孔的面团一样
散发着白天积蓄的热量，
又被夜里的凉气穿透。

四点钟三个屋子的灯都亮了，
妈妈和姥姥已经在帮我收拾书包，
表弟揉着惺忪的眼睛，也起来了。
姨夫在厨房给我们煮面，他一会
要把姨妈，我和表弟送到县城，
赶上五点半去河南的旅游大巴。

村里的路并不平整，我抬头看到

北斗七星摊开身躯，仰躺在夜空。
电动三轮慢慢开出村子，
上了公路，一路向北。
姨夫加快速度，风从脑后灌来，
我和姨妈坐在后面，戴上了风帽。

公路两旁的杨树林迅速向后
闪过，它们的黑影在远处
挨在了一起。从后面来的三两辆汽车
渐渐接近我们，车前灯只能照亮
树冠的底部。更高处
是发寒的天空和寂寥的星星。

我们谁都没有说话，早起
和黑暗中沉睡的一切
让困意围拢过来。姨妈
也昏昏欲睡，她坐在板凳上，
一只脚伸出去，左手抓着前面的
扶栏，脑袋随着车微微晃动。

这些天她一直在照顾
摔伤腿的姥姥，带着巨蟹座护士般的
体贴和警觉，没有睡过一个好觉。
伤痛使姥姥的脾气阴晴不定，
抱怨和争吵伴随更加细小的关心，
彼此神经紧张，敏感而疲惫。

公路两旁的视野渐渐开阔，农房
消失，农作物和树林交替出现。
一个浇地的人站在路东的麦田里，
手电筒的光在麦尖铺成暗黄的椭圆。
突然，我察觉到西面一团更大的光
紧随我们，和我们保持同速前进。

姨妈也看到了，她还有点迷糊，
跟驾驶座上的姨夫嘀咕：
"太阳出来了？"
"傻不傻，现在哪儿有太阳？"
不错，太阳般明亮的圆月，
又比太阳大很多。

它腆着肚子，似乎下一刻
就要生出一群小月亮。
它垂得那么低（叫人担心会摔下来），
有时候被远处的树遮住，
行进却轻松有力，不徐不疾，
仿佛只是无意经过这里。

在巨大的黑暗和困顿中，
我有限的清醒并不能理解
这个月亮从何而来
（恍惚间我竟忘了只有一个月亮）。
为什么我觉得它那么贴近，

让整个黑夜变得异常温暖？

我们被吸引住，
扭着脖子看着，直到它
沿着一条长长的抛物线
落入大地。夜幕被扯下，
可以辨认出公路两旁的招牌——
电车进入县城，天亮了。

火车站

  建筑老旧，小小的候车室不让进，只能去天桥等车。
  气温突降，呼呼的风吹得人哆嗦，即使刚吃了一碗热面。
  问了人，才知道天桥在哪。走台阶上去，看到

  它既是站台天桥，桥身两侧架起四个台阶通向底下不同
  站台；又是过街天桥，连接两条被火车道阻隔的南北向道路。
  一人多高的铁丝护网上挂着高压危险和禁止跳下的牌子。

第一次，我立于铁轨上方，看它从城深处出现伸延至脚下，

又向北消失在远处。铁道围墙西面，木材厂高大的起重机

凸显于几排瓦房之上。一个年轻人推着山地车上来，

骑过桥面，又推车下去，再次汇入他所熟悉的城市。

我找到一个位置，让身体在背风处的同时脸被太阳暖着。

中午候车的人寥寥，坚硬的沉默似乎可以抵挡更坚硬的风。

火车很久才来了一趟，缓慢停下，下车的人不多。

一张火车票，黑色的背面朝上，被风吹得反过来，

我看到目的地是高碑店。确实不是我掉的。

天桥台阶上冒出一个小男孩的头，接着是他的身子，

旧的黑色皮夹克和通红的圆脸蛋儿让他显得格外神气。

他冲上来就扑向铁丝网，指着桥下朝

刚走上来的爸爸叫喊。

他的爸爸——瘦高的个子,戴着黑灰色的包头帽,鞋有点脏,
抽着烟,举着手机,说火车一会要来了。男孩
高兴地左右看,手扒在护网上,脸也贴上去,等待。

一声拉长的汽笛,男孩喊道:"火车来了!"他安静下来,
眼睛睁大。火车在靠近,快速穿过脚下轨道,从另一端出来,
天桥颤动。先是南来的一列车,接着北边又来一列。

他的兴奋表露在外,而我在内心暗暗惊讶——
火车迎面而来,又呼啸而过,像穿过自己的身体。
一种新鲜的恐惧令我疑惑,令他痴迷。

火车过去,他就在两边的护网间来回跑看。偶尔,
被叫住拍照。爸爸教他比胜利手势,他有点害羞,

拍完脸立刻转回去,看火车的方向。

有辆火车靠站,他想近看,走下一个关闭的站台,
站在最底下的台阶。爸爸也跟着下去,经过我时,
我下意识地躲了一下。爸爸让他看别人怎么上下车。

没两分钟,车门关闭,他盯着火车沮丧地
说火车要开走了。爸爸说走吧,他不动,
爸爸说我们到上面看,火车又要来了,他才上来。

依旧经过我,他把那张被人丢弃的车票捡起来,
得意地举给爸爸看。爸爸笑笑,抓拍下此刻,
然后说太冷了,我们明天再来看。

他不情愿挪动脚步,爸爸说看火车,再拍个背影。
他们往下走,腿被台阶挡住,接着是身子,

最后整个消失。天桥真是又高又陡啊。

我开始来回走,因为寒冷,因为心里焦急,
没有着落。我的火车晚点一个多小时,
要不,他就能再看到一趟了。

王强诗六首·修屋顶的人

难题

来到北京，花生和板栗的价格
才被他接受，但实际上，
利润一点也不比在石家庄丰厚。
妻子呛呛着改写城管大队的法律。
在干货、炒货和蠢货之间选择
手推车压着他火辣辣的肩膀。

意外频繁光顾。
他用毛巾去捂妻子的耳眼，
用拖鞋去踢同行的行骗。
可五道口和铁道桥毕竟不是家乡。
忍耐大大超过了预期，
他翻动铁锨用尽沉默的气力。

他不服老。笔直的马路
却比上山走得缓慢。他总是听到
一些新鲜事，又问：自己
不是这样吗？有次听说，
下一代的金榜竟是交叉路口

明码的怀孕。他费解。

最疲惫的不是睡倒路边。
麻烦成为他和妻子深入交往的唯一通道。
大约是凌晨,
他们为儿子玩腻的女友埋单,
付手推车逆行的罚款。

2011 年

大雨

裹挟着大雨的云迈向这座城市,
幽闭的空间里,九月正在结束。
被反光侵占的马路聚集着
一些人,跟我一起钻进汽车,
用不同寻常的眼神穿过弥漫着
类似危险的气息,到达傍晚。
伴随雷声,搬运钢材的吊车
转过江面,它要把最后一捆
放到工地上而打量着合适的位置。
它几乎不能追上快要消失的
秩序,而执行下一个命令。
雨点噼噼啪啪地砸向地面,

一股灼热的土味儿还是涌进了
关闭的车窗。浑浊的空气让我感到
我在吃这些人的身体。我也感到
大雨张开的大嘴把汽车一口吞下。
一再靠近我的那座即将封顶的大楼,
空洞的窗口里幽暗地吐出钢架。
它在攀升的途中,暴露出它的性格
跟这场雨一样急。工地围栏的缝隙里
忽然闪过一排工人蹲在地上。
我看见第二个人咬着第一个举起的馒头,
第三个人大口地咀嚼,直到第十几个
才咽下,站起来走回未完成的心愿。
猛然的油门。粗密的雨水
与空中即将降落的黑夜一起被甩向车尾。

2012/3/24

修屋顶的人

大锤凿响屋顶的声音在楼群里回响。
有人骂了起来。这么大的声音,
孩子根本没法睡个下午觉。烦得很。
我挺想打开窗户,跟那个女人说,
昨夜的雨,让我家的天花板洇透了,

还在滴水呢。我也不愿意
让这刺耳的震颤的声响打乱我。
我上去跟两位师傅说,能不能小点声,
整个小区都因为噪音惶恐。
大锤和钢筋混凝土的碰撞总像危险的预兆。
一个人把住凿子,一个人挥动大锤。
汗水从他们的鼻子和下巴滴下,
摔在凿出的破洞里。"这楼七八年了,
有点裂缝很正常,这个缝也太长了。"
他们一边说,一边凿着。
"小声砸不开,得抡起来呀。"
我在这儿也帮不上什么。也没人理我。
几分钟,汗水也浸透了我。
我再次爬到楼顶,把冰箱里仅有的
两罐啤酒递给他们,"辛苦了",
他们只笑了笑,并没有说声"谢谢"。

2013/7/2

痛哭的人

他在众人的拥挤、呵斥中还是翻过了栅栏
强行闯过检查身份证的那道关卡。

有几个妇女操着河南话、东北话和广东话
骂那个无所顾忌的中年男人没有素质,真没有素质。

刚要钻进大厅,他就被几个穿制服的同龄人
截住,并在"北京站"三个字下
用推搡、呵斥和鄙视对他实施了几分钟的强奸。
他倒在了地上,放声大哭。

大概他给平日担心暴恐的人提供了行使权力的机会,
并用无知来突出这种权力的无效。
他单纯得像一个小孩被掠走了心爱的玩具,
拼命把心中的委屈,喊出来。

他发出一些糟糕的声音,
一些真心让人觉得可笑而巨大的摩擦声。
他的两排牙齿像是老锈的切割机在等待拆卸,
铁质的嘶叫喷出了火花,火花连着火花。

广场上,人群边挤边看边走。
人越多越有莫名的力量把此事推向难堪。
类似众人对猎物的小型围堵成功了,
但穿制服的,也有点不知所措。

他被架到人少的地方,像扔掉的垃圾堆在墙角。

从没被破坏的秩序,但恢复了。
转眼间,他真的变成了垃圾,被轰鸣着的、
暴力与脆心的机器搅成粉末,让所有人都视而不见。

阳光打在米黄色的墙上

他刚认识她的时候,还在报社打工,
是个可有可无的小编辑。
对于匆匆的房屋中介来说,她是有耐心的。
她给他讲解这间屋子的优势。
只有一个问题,阳光只能在下午四点钟左右
能从对面的楼缝里进来。
冬天四点半,持续大概十分钟。
她清秀的面孔、整齐的牙齿
和不紧不慢的语调,都与这个时刻紧紧相连。
他看了下时间,阳光该进来了。
他问她还有没有其他的房子可看,
她说:"别着急,阳光打进来,
你就会喜欢这个屋子了。"
他不是不喜欢,是想多看几家比较一下。
空荡的屋子里有一个方形的小凳,
她坐下。随之而来的阳光
穿过了粘满灰尘的窗户照进。

她坐在了刚好的位置。阳光顺着
她的马尾辫向下，照亮了起伏的胸脯。
余下的阳光打在了墙上。
一个拉长的阴影，让这面墙有了活力。

她说:"你还想看看别的房子吗？
别看了吧。就它了。"
他曾经坐在十三楼、十五楼、一楼
看阳光如何将这个城市铺满，
又如何离去。从街道里传来的乐曲
仿佛是阳光的质感，被他听到时，
汽车的轰鸣冲淡了尖锐。
他从别的地方，山里、岛上、江边
还有极昼的地方，看到过
阳光一点点将他的心胸充满。
而今强大的声响
汇聚到这里，一个平常的下午。
此刻，他觉得她应该穿上白纱裙，
再把头发挽起来。
他想上前拥抱她、亲她。还有多少
让人感到甜蜜的时刻呢。
她看出了他的心思。
她笑着说:"你那么看着我是什么意思啊？"
还能有什么意思，
他转身去把门关上。(中介看房一般都不关门的)
她说:"你看起来挺老实的，咋一肚子花花肠子。"

她的敏感和配合让人吃惊。
他们在这有限的时间里亲吻、做爱,
在没有床单的床上。
阳光渐渐沉了下去。她给同事打了一个电话,
说这间房子租出去了,
不让她的同事再来看房。
他们穿好衣服。
他刚要问——
她说:"别问,别说。这样不是挺好。"
他们并排坐在床边待了一会儿,
谁也没有说话。他回头看了看窗外,
天快黑了。就在她穿上丝袜的瞬间,
他看见了两个破洞。她的鞋尖也粘满了灰尘。
突然,他的心里酸了一下。
她断然地说:"从今天起,这间房子是你的了。
从今天开始,他要住在这里。
他们到中介公司,把合同签完,已经是七点多了。
看着街上的车流、被灯火点亮的黑色楼影,
她说:"我老公接孩子应该到家了。
我也该回去了。"她转身离开。
一股强烈的耻辱,让他感觉
那两个破洞就是两只眼睛死死地盯着他。
他说,他看着她扭动着褶皱的裙摆,
在人群拥簇的幻影中消失得只剩下一个光斑。

2013 年

兰州铁匠兄弟

十八岁那年,他被理想迷惑,
来到北京。烫了卷发,
叼着烟,无所事事。
他的第一份工作是搬运工。
在一家不大不小的搬家公司
卖汗水,打下手。
老板经常给他零花钱,
他时不时也给老板
上上婚姻指南的课程。
即便那会儿他还没谈过恋爱。
忽悠呗。没有他,老板多没意思。
他偶尔厚着脸皮向雇主讨口水喝,
每次仰着头把一瓶水一次喝完时,
都斜眼看着雇主的表情。
有的是惊讶,有的是不屑。
他觉得这样的时间过得最慢,
可一晃就是五年。他给毕业生
搬过家,得到过旧书,
就连计算机课本,也舍不得扔。
他给失落的丈夫搬过家,风雨过后的平静
最可怕,这意味着决绝,他偷偷说。
也给乔迁新居或是即将结婚的人搬过家,
他跟我说:"他愿意把喜气带给自己。

他说话经常夹带西北方言，
可尽量说得更像北京话。无意中提起
他的父亲，那个用粉笔画下
大半个人生的小学老师。
只说他不愿意继承父亲的职业，
为此还干了一架，就离开了家。
父亲不允许他登门。
他也从不请求。他一般会回避这些，
转入不相干的话题。喝点酒之后，
也会敞开心扉，但还是能感觉到
他极力控制自己，说些不轻不重的话。
他吃遍了北京的大街小巷，
总说再也吃不出老家的味道。
说起"肉蛋双飞"，他直摇头，
用一种耿直的平静否定了
北京所有兰州拉面的手艺。

当货车司机的好处是走南闯北，
坏处是一年在家也待不了几天。
之前的老板离婚了，用不到他
就识趣地辞了职，就不甩他了。
这是他第二份工作。
他把一车车的大米，从东北
运到北京、河北、河南。
有时也会把雪白的大米送到西北
再从那里拉一车漆黑的煤回来，

空着车回来等于白跑一趟,
汽油太贵了。有次跑兰州,
事情办完的时候已经凌晨。
他本来想回家看看,
躺在驾驶室里睡不着。
他一直想一直想,一直想到天亮。
没有决定是最好的否定,
他去了旁边一家拉面馆,
心满意足地吃了顿正宗的拉面,
一些烦心事全都忘掉了。
国道的颠簸才让他想起回家路的艰难。
咳,以后再说吧。

在山西的一条山路上,
拐弯时侧滑,撞到了山石,
猛打轮儿,大半个汽车掉下悬崖,
塌陷的车头把他挤在驾驶室里。
他说那时他只有一个想法,
别让汽车掉下去,他不能动弹,
只有默念、默念、默念。摇摇晃晃的汽车
真的没有掉下去。他腰椎受了伤,
不能长时间保持正坐的姿势。
他说,默念很灵的,有事儿的时候可以试试。
他在出租的地下室里休养了半年多,
也失去了工作,心里空落落的。
身体受到了伤害就变成了弱者,

关心他的人也多了起来。他认识了胡杨。
胡杨爱唱王菲的歌,唱起来
挺像那么回事。他高兴地拍手,
像出神儿的孩子发现惊奇。他们结婚很简单,
没有告诉父母,只到民政局登了记,
吃了一顿管够的兰州拉面。
他喜欢结实憨厚的女人,
那些煤渣似的长成仙女都懒得看一眼。
他指着胡杨说:"你看,我老婆,
要骨头有骨头,要肉有肉,美得很。"

胡杨也是西北人,银川的。
混北京也有七八年了。
钱没挣着,人快老了。她对着镜子
扒着眼角的鱼尾纹,说:"过了年就三十啦。"
她认识一个老乡,想把三轮摩托
改成三轮摩的,要找铁匠铺
焊个铁篷子。他们也跟着去了。
这是他第一次这么近地看到,
两块坚硬的铁在强烈的高温下
融合到了一起。他着了迷。
那晚,连做梦都在打铁。
他跟胡杨商量,开个铺子吧。
你看,这多像我们俩。6000～8000℃的高温
把你和我两块西北铁紧紧地焊在北京。
这是多么炽烈的爱情。

胡杨靠在他肩头说:"你跟你爸也该是一样,
像两块铁,就是现在没电焊,焊不上。
他认为能想到他心里的,在这世上,
胡杨是唯一的那个人。
他们认为这是个很好的创意。
于是给铺子起了个名字,
叫:好主意铁器铺。
那年过年,他们才思泉涌,
写了一副对联贴在大门外,红纸黑字。
上联是:好铁好匠好主意。
下联是:有时有响有钱花。
横批是:招才进宝。

三岁的儿子还没见过爷爷呢。
有次问爸爸:"爷爷是什么?"
他只说是他快要忘记的老头。
然后转过头去,把难过一同打进铁里。
儿子又说:"我想见他。"
他没理睬,让儿子带着深绿的墨镜看铁质烟花。
儿子兴奋地说:以后我也要干这个。
他抱着儿子,却总也看不出
这个娃天生有铁匠的特质。
那天,一个妇女让他做自行车后面的婴儿座。
她说:"孩子该上幼儿园了,
每天要接送,有这个比较安全。
他爸整天不着家,瞎跑,一点也不管孩子。"

他想起自己的儿子也是要上幼儿园的。
他找了几家当地幼儿园,必须是北京户口
才能入学。他们是外地的,需要交很多钱。
他忽然很想家。
他上网查了一下家乡的图片,
网速很慢,就放弃了。估计也没什么变化。

他要回兰州看看,十七年了。
谈起父亲的模样,已经有点模糊。
他说:"声音倒没怎么变,还是字正腔圆的。"
晚上在街上走,偶尔看见
坐在路边抽烟的民工想着心事,
他总是害怕这就是他的父亲,
直到那人把烟抽完离去,他才放心地回家。
父亲在电话里只说了一句话:"你回来吧。"
他沉默了很久。
父亲又说了一句:"你回来吧。"
他才决定回去。
他去动物园批发市场给胡杨和儿子
都买了全套的新衣服。他花了五百三十八块钱
也给自己买了一身藏蓝色西服,
一件乳白色衬衫和一条深紫色领带。
胡杨还给他买了一条金利来的腰带。
他在试衣间试了很久,
胡杨等得不耐烦了,叫他出来,
才发现他眼睛哭肿了,

她递过一张纸巾让他擦擦眼泪,
他却把穿了五年的皮鞋擦得铮亮。
他说:"这样的话,爸看见
心里会好过一点。"

我们打车到了北京西站。
他说:"我可能不会再来了,
铺子也转让了,跟这里就要没有关系了。"
我问他回家有什么打算,
他说:"我的腰没事了,这几年
也挣了几个钱,回去开个牛肉面馆,
挣口饭吃没有问题。胡杨
跟我吃了不少苦,回去好好过日子。
孩子大了,让他干个正经工作,
跟旁边大楼里的那些人一样,
当个白领、金领什么的。"上车的时候,
我说:"没事过来看看,老陈。"
他只是笑了笑,要是来,
就带着我爸看看北京,他还没来过呢。
他又对我说:"祝你心想事成。"
火车开动的瞬间,我快步跑出了站口。
我害怕正急驰驶出北京的火车突然停止,
在他妻子和儿子的招手中,
这十七年的生涯按照原路返回,
刺痛我的现实,用最迷幻的针剂
把我的薄弱变得强大而麻木。

我害怕他遥远的呼应把我拉到
离开家坐上汽车的瞬间，跟他一样，
害怕被曾快要忘记的父亲的记忆一把抓住，
再也逃脱不了。
三天之后，他打来电话。
父亲退休了，在家养些花、养些鱼。
还立刻给儿子找了家幼儿园。他跟胡杨还想再生一个。
他说："有时间会来北京看看。"

2011 年

王长才诗五首·自我教育

这一刻

车轮碾过的声音亮了一下又暗了。
楼梯间镂空的白色外墙
从砖红色中伸长它的躯干。
阳台上，青菜、腊肉、香肠安详地挂着，
被落满灰尘的雨棚揽在怀里。
一只鸽子从七楼的窗子飞起，
打了个旋，浮在楼顶四处打量。
一阵画眉的啾啾突然传来，
像热烈宣告春天到了。

我坐在五楼朝北的狭窄窗子前，
没有太阳。仍是一天最明亮的时刻。
人们在午睡，令人恍惚的安静。
这一刻，我是自己。
我看到我，从开端到结束。

2012 年

其实,我知道……

——给 Z

其实,我知道,
像救命稻草一样抓住的,
只是你的影子。

像块石头,它长在我肉里,
和你没了关系。
我用我的苦喂养它,
让它尖锐地盘踞、生长。
它最真实也最虚幻,
是它让我不一样。

我曾无数次想起我和你,
我知道,如果不是我偏执,
它早已烟消云散。
我坚持,是不想让生活更混乱。

像个囚犯期待刑满,
我期盼这一天。
我的节日。我的解放。
如今,要到来了。
我来到此地。
只为帮岁月真正抹去一切。

2012 年

精神分析 NO.11

也许,所有的许诺都是重负。
所有的忍耐都是奇迹。

成熟是不是对世界多了理解,
明白它不完美,并接纳它?
是不是在加速度的生活中,学会保持慢动作?
无数意义向你招手,也可以不为所动?
是否时光流逝只为告诉你,
要划定自己的阈限?

是啊,一个人不可能做成所有的事。
成就的前提是专注。
专注的前提是舍弃。
而你,在每个方向上都想成为好。
你收获了一些肯定、信任、尊敬,
却安慰不了你的无力和沮丧。
(有时你甚至羡慕自私的人)

你的理想从没遗忘:
将能量释放干净的一生。
即使没多少热和光,
最后要像根木柴只剩白色灰烬。

——却被不断延宕。

夜，被路灯稀释，
被过往车辆推搡。
你看不清自己
会在哪一个路口转向。

2013 年

二元论

坚持是美德，偏执不是。
勇敢是美德，鲁莽不是。
审慎是美德，怀疑不是。
虔诚是美德，盲信不是。
宽容是美德，纵容不是。
自爱是美德，自恋不是。

坚持原则是美德，拘泥迂腐不是。
小心谨慎是美德，优柔寡断不是。
灵活变通是美德，见风使舵不是。
适时放弃是美德，半途而废不是。
当机立断是美德，冲动草率不是。
简单平静是美德，贫乏无趣不是。

冒险传奇是美德，颠沛流离不是。
享受生活是美德，贪图享乐不是。
顺其自然是美德，随波逐流不是。
难得糊涂是美德，浑浑噩噩不是。

一体两面。修辞的力量。
阐释的循环。最难的难题。
我一直在纠结这一切，
不知道这是不是美德。

2014年

老杨

老杨年轻时是个棒小伙儿。
阳光、精干、乐于尝试，
有大把热情和勇气。
百米跑得飞快，还踢前锋。
自称"玩文学、玩深沉"，
趴在床上写小说。
最早学交谊舞，最早"下海"，
和同班女生批发背心短裤倒卖。
穿他爸的铁路制服逃票去北京。
喜欢当时最红的郑智化和孟庭苇。

心高气傲,当众宣称他没有朋友。

因为大家聊天影响睡觉,
大二时第一个出外租房。
大三开学没多久,因神经衰弱休了学。
人们都觉得他太娇气。
一年后回来,他白了、胖了,
老毛病没好,还多了鼻炎。

他的生活慢下来,像提前下了车,
任别人远去。
不去上课,白天躺床上睡觉。
床边要放一大杯水和一个盛痰的方便面袋。
半夜蹑手蹑脚爬起,
到走廊上用力地擤鼻涕、吐痰。
他没过四级没学位。
把学年论文拖成了毕业论文。
但当时很罕见地花钱打印了毕业论文,
还以不同字体、字号打印了名字,
遮去四级、奖学金证书及报纸上别人的名字,
复印出了自己的材料,
进了师专中文系。

工作后老杨才真正成了老杨。
睡觉最重要,
当辅导员不带学生出早操,

当资料员经常睡到下午 4 点。
上课也迟到。
夏天满脸痱子，T 恤上布满汗渍。
冬天一件褐色风衣，卡子坏了，就在腰间勒个扣。
拎着包装带编的菜篮子去上课，
教材掉了封面，开头几页破成一条条。

他腼腆，常说"×× 太不矜持了"。
人介绍相对象，开始嫌姑娘不够漂亮。
后来，姑娘们又看不上他。
喜欢过一位漂亮女生，
可能没有表白，后来也不知所终。

没多少爱好。对书的热情也不足以沉迷。
常看电视娱乐节目，
还曾参与春晚的有奖征答。
买《讽刺与幽默》。对网络不熟。

老杨善良、热情，
请他帮忙，他从不推托。
好像人人都能从他那儿获得一点优越感，
晚来的同事也常打趣他，
不知是没觉察还是能包容，他从不生气。
我辗转多地，
他是我与师专唯一的联系。
他为我跑调动手续。

地震时我还惊魂未定,他就打来电话。
09年寒假匆匆见了一面,
他有些谢顶,仍是微笑,只多了些喟叹。
10年暑假我请他帮买票,他为难,我很意外。

后来听说他病倒了:
一个月内,体重下降四十斤。
怕吹风。怕开空调。
夏天紧闭门窗,还开过电暖气。
他想等医院不开空调了,就去查一查。
可还没等到天凉,
就晕倒了,再没醒来。
重病监护室里两个月,
花光了全部积蓄及同学、同事们的捐款。
没留下一句话,三十八岁,
一生就此结束。
参加葬礼的同事说,他比想像的
还安详。

回想他的一生,其实我并不了解。
我不知道他宽厚和孩子气的笑容之后,
有哪些痛苦。他真能够
忍受越来越强的孤寂?真能承担
岁月的催逼?
没结婚、没女友,和父母住在一起,
照顾渐渐长大的侄女,他真的

那么坦然？
更不要说，那些病痛。
活着像只为经受时光的磨蚀。
一个生命渐渐萎顿直至消亡，
那么平庸，没有光彩。
比起死亡，这更残酷。

可是，谁不是老杨呢？
我们还不是一样，
忍受生活的繁杂、忙碌与无聊，
直到生命的尽头？
在世间我们又能留下什么？
我写下这些零碎的记忆，
给老杨，也给自己。

       2012 年

王志军诗六首·天文馆

老房子

她坐在石头上，拐杖架在两边
像一对耷拉的翅膀。
镀锌大门，一扇闪着上午的微光
另一扇浸在墙垛的暗影和往日锈痕中。
被一根发黑的铁链串起
彼此无法摆脱的命运坠在一把小铜锁上。
铁链和亮晶晶的新锁——像一个叹号。
她的孤单那么渺小，就像身后这孤单的院子
最被忽视的角落。这院子
孤单得连个秘密都没有。
进门右手是牲口棚，石棉瓦搭顶
一根木桩撑起架在东、南两面墙上的横杆
不能更简陋了。石巢下砖基潮湿而发黑
那儿的眼泪，没人看得见。
骡子是院里唯一活物
站在草料和尿搅和的稀泥中
打着响鼻撅着屁股，它老了
尾巴在过道甩来甩去。左前方是破落的草棚
右边半米高的花墙内，十来畦白菜长势喜人。

老房子就缩在菜畦和水井后面
被东边宝柱家新房的影子完全压住
似乎难以承受而稍有变形。
墙、窗户、椽口都霉成灰色。窗台上
一只缺口的瓷碗,尘土已在上面扎根。
一卷铁丝,一个深褐酱坛。
水井那原先有丛樱桃
墨绿叶片含着一串串白色果实
摇撼每年五月的轻风。
树没了春天也不再光临
只剩下冷冰冰水井。
迈进门槛,穿堂屋隔开东西两间。
灶台黑乎乎,屋顶早熏成黑炭色
分不清苇帘和椽檩。带绿锈的长柄葫芦瓢
扣在大水缸盖的铁丝把儿上。
它的眼泪在缸内泛起涟漪。
西屋快塌了,一根后加的柱子抵在当中
颜色模糊的棋子散落在棋盘上。
粮缸上摞着实撑的口袋
靠墙挤成一圈,陈谷味积久难散。
一台磅秤,称着时间与黑暗。
进东屋,是衰老的气息——药味,霉味,
她孤单得只剩这两个味道。
老式方格木窗,塑料布鼓着肚子
在刚过去的夏天扎出无数小孔。
十多平米土炕,苍蝇和胶皮苍蝇拍

都感到了秋意。吊在墙洞
积满尘土的灯泡刚好照亮那点儿尘土。
炕下，阴凉的暗影中，一张八仙桌
摆着电饭锅、碗筷、盆盆罐罐和米面——
与美观无关，最好一张桌子解决一切。
早坏了的TCL牌彩电压在
连秘密都没有的红木柜子上。对，
没有秘密。姥爷走后
那里连酒都不藏了。他在这躺了三年
她也将在这度她最后岁月
看着几大木框黑白照片发黄
彩色照片泛白。她唯有在这面墙上
能每天见着远处的儿女、孙子、外孙
由着他们越来越模糊。
她心里有多少秘密呀，耳朵聋了之后
这些秘密被锁得越来越紧了。
她也像照片一样被锁在了过去和未来之间——
一面是乌黑、发硬的木背板
一面是蒙尘的玻璃，就像剩余的日子
一眼就能看穿。留给她的空间多少呀。
我想到这房子就在村子中心
离大队部和电影放映场都不远
人们从四处向这汇集。
我曾在看电影前先来吃点东西，
我曾在这被宠爱。
现在，空虚在这里是物质的，

所有我们赖以生存的价值、意义、信念,
万物更新、美之根本,什么都不光临。
阳光闪耀的外墙和房顶
雨和风刻划着每一道新的蚀痕
每件物品都落满沉默。
每一沉默都发出细微、短促的爆裂。
就像槐树皮裂开那样。好像在说
什么都是空的,空得连秘密都没有
而这就是我们的生命。

2010 年

樱桃树

樱桃树在墙脚,在积雪晃动的阳光中
伸展它的枝条。
没过多久它长出叶子
墨绿舌尖舔着红色的砖墙。
它一抖动,雨就沿着砖缝流下来。
硬结的土块因畅饮而平静。

樱桃树开花了。春天的每一个日子
被它高举过墙头
它把天空也举过墙头

云朵飘过村子
雨绕着天线杆流了下来。
白色水雾侵入了寂寞渴望的腰丛。

五月,樱桃熟了。奶白色花长白色樱桃
粉红色花生红色的。
甜美如我们的呼吸潜入深处。
鸟儿落进去它收身摇晃
雨顺着屋檐流了下来
像又一道篱笆模糊了视线。
它在那里,欢快地摇摆
即使我们看不见。

哦但我们看见了,不管过去多少年
在什么地方。樱桃树
守着它的墙脚。红砖墙沉入黯黑
白灰缝被一点点掏空。它开花
结出串串果实。
奶白色花长白色樱桃粉红色花也生黄色的。
黑铁般柔韧,枝干荡开像一个招呼。
那道篱笆,那个院子
雨流了下来,从我们的额头。

2011 年

安山集

每逢农历四九,四乡八里
沿条条柏油路、土马路、河沟、田间小道儿,
还有铁道边个楞个楞的石子路,
步行、骑车、赶牛车骡子车
向那里汇集。
一个个喜气洋洋,带着期望。
所有人的节日。嵌在其他日子间
构成整个镇子共同的呼吸,
这天下雨会被咒骂。

我家离那儿三五里,抄近走河边
过石板桥,钻高粱地,再从沙子营大桥
横穿四根铁轨。
那两个日本炮楼
一个完好另一个挂个大窟窿
据说八路军在山上架了大炮。
门很小里面阴黑,正好被过路的当茅厕。
离那不远,万元户俩儿子
开村里头一辆二手桑塔纳
颠丢两个车轱辘。

再往前斜穿野地、牲口市,
沿二零五国道走一截就到南门。

高大的门楼,顶三个大字:安山集。
对孩子就像通往心愿之乡的魔法门
对女人迈进去就等于迈出了生活的藩篱。
神奇市集,快乐市集。
熙熙攘攘人们拥满主路
两边熟食店、肉市、小吃摊
剃头铺,在磁带摊最高音量港台歌曲中
伸延开去。

直接往北是规模最大的服装区。
全镇时尚集散中心。
一溜溜水泥台子,被摊贩布置一新
树荫巨大的杨树间拉上布墙挂满衣服。
越高处越贵,需木杆挑下来看。
人们一趟趟绕圈,盯着它们,
比较、讨价还价,当众试穿裤子、连衣裙。
买的永远没卖的精
不知给的价早进了陷阱。
可贩子还是一副痛心疾首样
不惜赌咒发誓
最后自然皆大欢喜。
它西边是鞋区,挨着西门。
布鞋、胶皮鞋、旅游鞋、警钩和军钩。
不是皮的你给我拿回来
保穿三年!牛筋底!
边说边使劲掰弯,再梆梆朝柜台摔三下!

每家货都差不多,就看跟谁谈得拢。
还有两个台子卖发卡发带
丝巾丝袜。一辆打耳朵眼小车
常年诱惑刚毕业的女生和新媳妇。

服装东边是水果蔬菜摊。
摆上矮台子的是一筐筐外地水果。
剥开备尝的柑橘,成扇的香蕉,
金色的哈密瓜菠萝一派异域风情
一般不敢问津。
摊主也真有点高冷,爱搭不理。
而苹果、桃、沙果、李子、梨
本地物产直接码地上
垫着高粱叶、旧报纸
挑一块二斤不挑三斤,趁你不备
还是放几个次品。
直接在车斗卖,各地西瓜
靠花纹分辨,称完一律切三角口验货。
便宜的梢瓜几块钱半口袋
买完得送上本村大车。
蔬菜对应节令,豆角茄子西红柿
不光便宜卖的人也明显朴实
来呀没有更好的了!拽着扁笼子不让走。
秤给得高高的
到最后干脆一堆儿五毛。
再往前是豆饼花生渣,农具农药

粮食种子，冷冷清清。
顺路就出东北门了，
墙外是百货大楼和几家时髦理发馆，
还有本镇最高的九龙山
矗立在采石场隆隆炮声中。
在半山小亭子我们无数次看这幅画卷：
蚂蚁集会一般，人们摩肩接踵，
涌进涌出，或提或扛，忙着搬运。

如果不出那门而是往南，可绕回鱼市肉市。
鲤鱼白鲢在大水桶互相挤着
把水拨拉到处都是。
死海鱼摆满柜台，
长条带鱼，扇状平鱼，棍状梭鱼，
青虾、银贝、蜜斗、长耗子尾巴的翻车鱼
看着吓人，牙齿锋利的小鲨鱼
切成一段段卖。
还有许多巨大怪异的家伙——
那是我们的珍奇馆。但好看不顶用
我们常年只买一种燕鱼。
在割肉那总能看到老高，他辍学后
跟他爸一块儿杀猪。
妈说叫得挺亲，价钱不比别家便宜。
卖贺卡那我看到安淑霞
她总那么喜兴。
还有一个二班同学在买衣服

一位老师在挑猪头
他提溜着猪耳朵里外看
仔细如做实验那般。

然而我始终没看到你。
游走在那些摊位间水果香水的味道，
斑斓色彩中的红发卡，
白衬衣上同款绣花。
你的身影，并不是你。
在那万千人中，在喧闹鼎沸的浪花
一波又一波冲击下——
一些细微的痛苦正在生成。
整个暑假它会在体内奔窜。
正午一到集散人空——
各个兴高采烈、满载而归，
一切都被带走了，如同一夜间出现。

2016 年

莲花山

有次我去看个病人。
一个挺老实的庄稼汉，烧糊涂了，
小媳妇似的背对着我，

问什么也不说。不说话!
给谁也没办法呀。
跟他家人商量了一下,打一针吧。
正要扎的时候,他猛地跳起来
一下把我扑到地上,
狠狠掐住我的脖子,
差点把我掐死。

我当时气大了,叫人把他摁到炕上。
拿出银针,管他人中、风府、上溪,
一针一针扎上去。
他越挣,我就越找狠穴收拾他。
然后我问他,你是谁?
我叫裴永海。
我知道你叫裴永海,你到底是谁?
我就是裴永海!

我接着扎他,你家在哪儿?
在裴永海家。
裴永海家在哪里?
在莲花山。
我一听,不对呀,赶紧问,
莲花山在哪?这回他死也不说了,
上牙咬着下牙,翻白眼,装傻充愣,
要跟我死扛到底。

我哪能放过他。不说，不说是吧！
我拿出最粗的一根针，
（边说边用手比画了一下，就像一根筷子）
直接扎进了他的脚心。
他大叫一声，我家住在莲花山！
莲花山——就是——
裴永海家的柴禾垛！

我们到当街掀开棒秸垛——
嚯！你猜怎么着？一只大红狐狸
仰面躺在那，
一条腿跟过电似的乱抖。
对呀，它被扎了脚心，哪都去不了。
老裴家人上去把它打死了，
回屋裴永海就好了，
还问我为啥喘不上气。
这不废话吗？
掐我的时候还一个劲喊我大名儿，
八辈子仇人似的，
这会儿倒揉着脚好像我不该扎他。
知道为啥叫莲花山了吧？
那肯定是它老家呀。

2013 年

天文馆

——给宏翰、冬梅

在单筒镜的小孔中,火星
橘红色的球面裸露着长长的伤疤。
峡谷,环形山,尘暴弥漫。
而土星,旋转着美丽的光环
在椭圆形小屋,在孩子们
乌黑的瞳孔里。

摁下按钮,双鱼和白羊就点亮。
扳动连杆太阳系就运转。
傅科摆垂在池子里,早习惯了眩晕。
墙上的天文学家
目光依旧那么深邃。

时光穿梭的游戏,我们拼命踩踏
也没让飞船从大爆炸中逃离。
宇宙诞生的知识问答,蛋里孵出的时空演化,
更像一套新的神秘论——
一想到地球只是一粒微尘,
太阳也才剩下几十亿年,
就感到身边一切都那么新奇。

最后的穹幕电影最让我着迷。

灯一关，壮丽星空就从屋顶浮现
令黑暗澄澈深远。
当镜头带我们穿越群星，飞向猎户座，
我激动地屏住了呼吸。
璀璨的银河，浩瀚的宇宙，
在生命的迷乱与渴望之上。
我盯着一个个星座在天上被命名，
在季节中轮转，唯恐错过
每一颗星的每一次闪耀。
但我终于还是仰着头睡着了。
我真的太累了。而星空
是我们所能拥有的最温暖的怀抱。

2014 年

仙人掌变形记

命运的符咒难解，他变成了一株仙人掌。
在街上行走时看见沙漠，
睡觉时梦见沙漠，醒来后觉得口渴，
拍拍自己的胸口，
手掌和胸膛扎在了一起。
还没来得及把恐惧变成一声呼喊，
已在镜子前僵直挺立。

恍如要醒了还没有脱梦,
他想这怪魇会即刻被现实矫正。
但他很快明白确实出了问题——
幻觉没这样真实,也不会从发梢痛到脚底。
每个细胞都分裂惊骇,
随即又释放万般活力。
若说有生以来他有过什么奇遇,
这算一件。可他呀,
没时间想到底哪儿出了状况,
便把硬刺往内心抚平,像藏起所有脆弱隐秘。

天还没亮他走出小区。
寂静正从敞开的下水井流走,
街角呼啸着披挂铠甲的冰冷空气。
天空好似倒过来的深渊
浮着几盏灯伞深不见底。
他奇怪,怎么就走到了这条路上,
还得年复一年继续走下去?

城铁站人流如织,车厢浑浊拥挤。
每个人都像一座活火山,随时准备喷发怒气。
他鼓着硬壳,竖起短刺,
捍卫自己的立足之地。
当车驶入密不透风的城区,
他想,这星球是太小了吗,
还是人们因孤单要挤在一起?

到单位他想戳破那些气球人，
终于只是蜷成一团，
开会时画小人儿和飞机。
想象外星人闯入要抓走讲话的领导们，
而他迫不得已显露了超能力。
现实中，他一辈子都只能是个小人物——
一只毛茸茸的仙人球。
轻手轻脚，滚来滚去，
没人关心他心里藏着什么秘密。

午餐他咽得太快而心中刺痛，
下午偷懒打了会儿电子游戏。
傍晚回家他看见城市被夕阳照着黄如沙漠，
又生出干渴难挨般焦虑。
好似满身硬刺要向外发射，把灯敲碎，
把楼击倒，把云打散成雨。
出站后他直奔幼儿园，斑马线竖起来变成栅栏，
汽车喇叭散落一地。水果摊下钻出鳄鱼，
火龙趴在烧烤架上卖力。
他觉得一切都在轰隆隆变形，
而夜色，再次把破裂的世界缝为一体。
当儿子拉着他的手说新学的单词，
在他难过的小旋风中，
有一柱宁静不易觉察的欣喜。

晚上他又梦见妻子。

梦见他在她身边从噩梦中惊醒。
浑身刺痒让他挠破了前胸,
软毛钻出来已长成了荆棘。
他急得满头大汗,像蒸锅盖上哗啦啦水滴。
接着他们一起逛百货商场,
每盏炽热的灯都变成了一个小太阳。
他迷了路,举手问这是哪里。
这是哪里?这到底是哪里呀?
可没人愿意回答他,
一个保安过来看了几眼,又走了回去。
所有人都瞧见了一株行走的仙人掌万分焦急,
可没人觉得该为此感到新奇。

梦醒了,她不在,生活还得继续。
他仍然在高处害怕掉下去,
在低处担心上面有人扔东西。
他仍然喜欢走在街上,在想象中恶作剧。
让开黑车的爆胎,让骗钱的收假币。
把一架子过期饮料都扎上小孔,
叫发小广告的撒一地。

他还想刺伤那些鲁莽抢座的人,
在车厢里大声非议同事的人,
在聚会中辩论却全无逻辑的人。
但他从不真和人斗气,
害怕那些幻想中的暴力加诸于自己,

让他失去最宝贵的东西。
只有一次,他用一个笑话讽刺了一位时尚女。
她在酒桌上跟左派争论与右派为敌,
从行为艺术蹦到诗歌,从"文革"跳进西游记,
结果当她显出惊愕,他觉得只刺痛了自己。

他吃得少了睡觉也没了规律。
他在晚上唱歌,在白天倒立。一会儿变作蟹爪兰,
一会儿成了橙绣玉。有时缩成一根仙人柱,
安居一端,看万象都成奇异。
他甚至觉得时间变慢了,
当他坐在阳台上发呆,雪下起来好像不会停止,
汽车如凌汛中的冰块不徐不疾。
有时他会脱窍而去,
独自到另一颗行星上思考问题。
比如他想,生活那么艰难,怎么死亡却那么轻易?
灵魂和肉体,为何活着就已分离?

他开始执着于有关存在的命题,
有时睡着了思想还没停止,
半夜突然坐起来,
数一根根尖刺像触到谜底。
天暖和起来他开了花。
如果说他的生活贫瘠,那他想,这花算难得的生机。
虽然如梦境醒来就凋谢,
但它那么鲜红,那么艳丽,

那么令人甘愿付出一切，丝毫不会犹豫。
他对这样的安慰满意。
仙人掌没人找可怜，仙人掌只能自己照顾他自己。
他的刺是他的尊严，是他的脾气，
是他几桩羞愧的回想，
也是摆在面前这恼人的遭际。

要能重新选择他会挑另一种生活，
让他从现在改变却没有勇气。
有时他会到公园住几天，偷偷把根扎进泥中。
有时他一个人去郊区，躺在毛栗子树下，
想再来一只刺猬足矣。
在小鸟的叫声中他闭上眼睛，
风吹来植物们悄声细语。
有时他觉得自己并没有变成仙人掌。
还会用手去摸前胸后背，
因爱和愿望而生出刺痛，
因刺痛的消失而生恐惧。有时他独自走进雨中，
哦，久违的雨。怀着
深深的满足，他感到黑色刺芽战栗，
绿色汁液如渴望熊熊燃起。
好像令他不安的，不是超然于完美之上的缺憾，
而是一具摇摆着尖刺的古怪形体。

2013 年

吴小龙诗四首·那些走过与路过的时光

路过

它们安立路边,在日常的出入中
从不把奥秘说出。
在我们上下班疲惫地经过时
那顶端抖动的喜悦停在半空
将我们短暂地迷惑。

风暴把它们的枝叶摧折、扑地
它们姿态谦卑
并无灾难的意味。这路边
弱于交通事故的既成事实,
纯属事件,只吸引一阵注意力。

新鲜的茬口我们一直没看见
直到被汁液中的檀香唤醒,才发现
粗糙表皮下垂直的断面平滑,
隐约可见纹理的细密,一圈圈
无休无止的年轮、渐渐缩小的中心。

那里藏着一个我们的老玩笑

挤眉弄眼，喧哗，围绕生活的惬意，
或在鼾声中继续睡梦。
这些稀松平常的断裂无碍于生活
无尽的延续。

那开始以来留下的神秘刻痕
隐藏于缄默中
无人知晓。我们每天这样
一闪而过，就像它们
一株株，把我们远远撇在身后。

2011 年

行走

前年冬天在海南，
闲来无事，我常绕着海岸线溜达，
把辽阔当作迷路的参照物，种种斑斓
和海水中摇荡的影子的原形殊途同归。
一次在万绿园，
我看见一对老人面对着海，在厚厚的防风头巾下
他们哆哆嗦嗦相互依偎，
从后面看去
像是被前面的空旷和日头压得那么紧密。

现在我在广南西路,生活被注满。
如果不下雨,下班后就步行去南湖公园
我需要抄短路,穿过道旁树编织的洞穴,
闪避着,从车轮底下夺路。
在两亩见方的草地上
每次凉风从背后吹来一次提醒,
回头时常一阵恍惚与惊讶,
那走过的弄子如大同小异的往事
从狭窄的子宫延伸而来,
让我容身并短暂穿越到敞亮:
看见细线牵着风筝飘在空中。

            2011 年

秋千

在新修的笔直的沥青公路尽头
老房子旁边,晚霞透过斑驳的树叶
放大后闪耀在人工湖柔软的沙堆上。
鸽子背起翅膀如绅士
和下了班的人们一起顺着弯曲的湖线走,
散漫的步子将飞翔放慢。
更多的人与孩子一起满沙堆跑
心跳被扬起的沙粒加速。

水面上，淡蓝色的暮晚迟疑躲闪
这秋千架却立起，在摇荡：
小宝贝在细绳索维系的脚踏板上
荡起——落下，又荡起来——
惯性带来一次次心花怒放。
偶尔高过我们头顶时，他们尖叫
快乐和惊恐旁若无人。
从那些惊呆的眼睛里可以看到
自由和嘹亮的影子降落
像天空的安慰。
我从石板凳上收起书，
看着这在落日中高高悬挂
并飘荡的日子，看着这脆弱的迎面
带来压迫的欢乐。
我怕这秋千蹦得太高，
又怕它荡着，荡着，突然停下。

2011/6/28

记忆

我想回老家还能见到那对鞋匠夫妇。
像两只安静的鹌鹑在街的一角，
他们埋头自己的活计，沉默不语

保持对眼前种种变化的基本态度。
男的接过大小、破损不一的旧鞋时
仍面露微笑，准确地直探隐藏在鞋底的败坏。
女的仍然埋头，穿针跑线
绕线匝，把那一道道陈旧的裂隙缝合。
他们仍会耍出时间的魔术。
很多年了，他们在这个角落里
面对穿着补好的鞋奔赴前程的人
面对凌乱摊着的即将废弃的鞋
平静得仿佛时间停止。

2011 年

肖磊诗六首·捕鸟的孩子

这样的工匠

——给巨文

他从事一项古老的工作。
工期漫长,太艰苦,容易让人激动、愤怒
也容易让人睡去。
他的同事手艺各异,而他选择了
比较难的那种。
他要先采集石头,很多石头,然后
筛选出最坚硬的那些。
棱角锐利,他粗短的手指都不敢触摸。
于是,他用心打磨。
离得好远,人们都能听到
高亢的号子,哦,这些坚硬的石头
被砌成了欢腾的大河。

捕鸟的孩子

跑到一座树林边,

听不到骂声,他们就兴高采烈,
又说起那只呆鸟。
它看不见排网里的虫子
引逗他们,横着垄乱窜。
如果谁在天空里睁开眼睛,就能看见
他们如何小心地猫腰
踩平半亩麦田。
他们也知道犯了错。
安静了一会儿,决定躲到树上。
他们蜷着身子藏好,
闪亮的叶子下互相笑着,
看大人们指手画脚。
一只鞋,阳光射落的最沉重的影子
掉在地上。有人呀了一声,就像看到
那只鸟展开灰色的长翅。
他们的希望永远地被天空收藏。

呀,麻雀

"你见过这样的人吗?
哈,我们家,不,他们家
净是奇葩。"还没坐下,
女同事就开骂。她尽力
压低声音,撕吸油面纸,

油脂包裹大颗粒阳光，被揭下了一层，
她的脸色没有那么红了。
我嗯嗯啊啊听着，收拾办公桌。
尘土攀着阳光起落，
早晨像正午一样干。

"呀，麻雀，"她声音里
带点疑虑。我问在哪儿
随即想到关窗捕鸟的快乐。
"那儿，"她抬起手，"死了。"
窗外鲜绿的槐树梢头，几只麻雀
啾啾跳跃，它比它们黑。
它的翅膀裹紧身体，嘴和脚
绷直。十厘米左右吧，
像一截箭头，折断在窗台
雕花护栏与玻璃之间。

"它怎么会在这儿？"
她看着我，更像自言自语。
办公室里有人正在看书，
有人站着喝水，还有人
走来走去，眯着眼
说早饭与胆囊炎。我看了一圈，
门窗都关得死死的，
但它就躺在这儿，
不再乱撞不再叫，

翅膀裹紧身体，安静得

像尘土在眼前坠下，
像有问题的人，抱紧他的问题。
一段卫生纸敷在它身上，还露出小脑袋。
我用三个指头夹着，硬邦邦的
但不是一段木头。
我的指尖开始暖起来，什么在膨胀？
一颗不甘于此的心，腐烂？
哦，我得快点摆脱它。我甩手。
它飞起来，脱落不合身的丧衣
像脱落它偶然进入的生活。

不一样的问题

像小狗，蹦跳着奔向另一只小狗
儿子站到小朋友们面前，问同样的问题：
我可以游泳吗？
拉都拉不住。

有的小朋友，会歪一会儿脑袋，口中喃喃
像极了哈姆雷特思考生与死
越认真越漏洞百出。

而大一点的孩子会惊讶,继而
冲我笑笑,玩各自游戏。

最尴尬是被其他孩子的父母问:
"你的孩子怎么了?为什么这样啊?"
我还来不及回答,他又冲向另一边
玩儿卡片的双胞胎兄弟。

他为什么会这样?
天生性格偏执,出于恐惧
或者为了与众不同?
我想不清楚。但他尽可不必。

和多数家长一样,我认为孩子的恐惧多是
天真的臆想,而他说话时轻咬的舌音
奔跑时肩膀的抖动,甚至
蹲下来肩胛骨凸出的八字,都那么独特。
像艺术品无法复制。
但我从没想过他是我的作品,
以过分的节制成就惊奇。

像多数父亲一样,我尽量不去阻拦他。
他可以跑向他愿意跑向的人,
他愿意跑上的道路。
我希望他自由自在地长大,
和多数孩子一样,在平常的欢乐与哭泣中

问怪异问题，吃垃圾食品，尤其
不要承担我正承担的压力：
相似与死亡无异。

除冰

我弯着腰，把头探进冰箱。
冰箱已被掏空，余味残进灯光照白的冷气。
冰还卡在第二和第三格儿之间。
没化。其实

刚才我们还在商量，她说用小刀剔
我拿菜刀砍，她说你这样不行，
我又砍了几刀。冰星迸到脸上
冰块团紧拳头。

它在向我示威。
它也在说我的方式不对。
我不敢太用力，但每一刀都能把冰心砍白。
每一刀都留下痕迹，或深或浅

我希望快点解决这个问题。
我说了，我不敢太用力。我一刀比一刀用力。
一块冰已经不是一块冰。

它扒在冰箱上,冰箱曾装满东西,

一冰箱、一冰箱的,谁承想,
掏到最后空出一块冰。但桃树结桃子,
苹果树结苹果,这个逻辑——
我差一点儿笑出声来。

菜刀卷刃后,我也没用小刀。那把黑柄的小刀
一直攥在她手里,曾剧烈地颤抖。
我探出手,哦,那种感觉,
手心里膨胀,含在指缝间的冷啊。

我默默祈求一次好运,
在不知多少个日夜,把生活之水
凝成冰之后
我祈求。

做刀

枕木黑得发亮。
路基上,石子滚烫。
几个孩子正无聊,从一根铁轨
跳到另一根,努力
保持平衡,谈论远方。

总会有一个先嚷起来：
来了！来了！铁轨战栗，
像两条大蛇被电流刺穿。
慌张的铁钉划破手指，砸中铁轨——
声响引爆太阳。

火车像条发疯的黑狗
呼哧呼哧奔来，有的孩子跳开
有的仍专注：钉尖朝哪头更好呢？
他们的小脑袋里都有个理想，全不顾
铁质的风正抽在脸上。

腥臊的热浪还未退去
他们已从铁轨腹中捧出了刀。
烫手、耀眼。原来的锈迹已成花纹。
他们仔细观看，惊叫或叹息
耳朵里滚动着车轮的奇迹。

是的，危险早听说，某某村
有个孩子躲闪不及，碾碎在车底。
怎么样呢？孩子需要刀，就要扒开铁路的护栏，
其实心里也打鼓：这家伙会不会太长，
把火车掀翻？

谢笠知诗八首·樱花

九华山后山之花台

是尽头、断崖，
是云雾变幻的深渊。
好几次，靠近它的边缘
都感到过于疯狂。

难道不是花？升腾，绽放，
用最柔润的手指挽留你。
为了迅速地消散——
哦，虚无之境，是诱惑也是拒绝！

2006/7

蝉鸣

熄灭又燃起的风。
这黑色的渴
像泉突然涌出。

金手帕。
果实一层层爆裂。
哦,是痛苦企图照耀——

在同一个高度,
不上升,不下旋
没前奏和余音,
这横空而来的权力与炙热的
并肩飞翔:
天空、爱、词语。

丧失是突然的。
唱吧——
唱吧——
你的重量跟随我。

                                    2006/8

湖

风步步逼近,踩飞了鸟。
柳树在岸上狂奔,
又突然停下
——在连续不断的悲痛的间歇

倾听——
叶子在路边走动，波纹旋转。
鸟单声叫。
在脚下，太阳燃烧。
而石头，围着湖水
进入秋天无法抵达的区域。

2002/9

樱花

1
我的身体是
一个惊愕的吻

在单纯而绝对的歌声中。

2
当我从我的美脱身，
裸着
等待：
一种更朴素的宁静将会
宽恕我。

2009/4

山楂花

越过高栅栏,
枝杈交叠,挺起。
花儿细碎、大片地
涌现,如新雪,
如互相推送的
层层波浪。

这是你
从自身溢出的部分。
这奔跑的你,
沸腾的你,
激越得
仿佛刚从坟墓中来。

你听到她
大口大口喘息。
她吞咽的和吐出的
都是难以克制的
飞舞的蜂蝶。

在她的宴席里,
每一朵都与另一朵对饮,

都静默醉去，
反复旋转，
旋转。
而南风吹拂，
向前一步便是尘土。

2011/5

瀑布

每到夏天，你眼噙一座悬崖，
想想竟十年了。
记忆中，悬崖也是耸立的瀑布。
——很多阴影都是这么垂直消逝的。
之后，你心中绿叶起伏如
反复爱恨的山谷。
而往事，说如烟无非是
多缥缈啊，当你把我抱起——

到处是泥泞的闪电的触须，
到处是雀声欢腾如乳房，
到处是灰蓝色荡漾里的一层层交缠与告别。

2013/7

自言自语的卡米尔·克洛岱尔

1
在巴黎,黑夜把我们举得高高的。
风停止喧嚣,灯暗下去了,
雪白的石膏灰瀑布般从我们
身边坠落——
永远是未完成。
我扭身,头发呀,像塞纳河水
涌入你的手掌。
你知道
我是个非凡的女人!

闭上眼睛吧,
双手更能记忆
从颧骨到脚指头的弯曲度。
今夜,我要以什么样的姿势——
黎明的颤抖,
丁香花,
还是激情的侧面?
而你,
一颗茫然、刚毅的头像——
我发现了
三十五年后的你。
我陷入深深的痛苦。

我将消逝。
谁会在乎人们的议论：
"嘿，她具有男人的才华！"

2
冰冷的天赋，黑斗篷，
穿上它，你走过大街小巷。
而我不在乎世界，
不在乎有多少甜蜜和悲痛的时刻
已成形。
我只要你，
完全地，永远地。
我跟在你身后，
毫无预料，
但已处身烈火。
对，一朵火焰，
你把它搂紧，并融进
迅速燃烧的大理石
光洁的旋律之中。

这是我的方式——
让你一次次地面对
我死亡的光芒。

3
终于成灰烬，

终于进入彻底的黑暗。
我用最后的力气
封死窗户。
现在，我得控制寂静，
得驯服角落里
愤怒的土。
我急切地寻找自己，
用比你更残忍的方式。
整日整夜，
我的手劳动、祈祷、
抗争和接受。

痛苦使我更骄傲。
然而，多漫长的折磨啊，
几年里，
我变成最缄默的石头。
我身体浮肿，嘴唇坚硬。
我的作品，
某一天，我突然发现
它们和我一样：
丑、黯淡、充满仇恨的气息。
我的绝望胁迫着艺术，
它报复了我。
我拿起斧子。
我回到了
和你相遇的致命时刻。

4
你已走上更辉煌的舞台,
剩下我,独自完成
这出戏剧。
整个后半生
我呼唤你,责备你,
亲吻你,诅咒你。
我仍是一锅开水,
在被人遗忘的
角落里沸腾。
这些滚烫的词日日夜夜烧
我的嘴唇。
或许它们将像树叶的沙沙声
消逝,
或许它们将汇聚,
向着你最后的时光,
围绕你。
使你想起那个在巴黎的
小小妻子。
想起触摸、争吵,
小便签里的吻。
想到命运怎样恩赐她、
折磨她、成就她,
又摧毁她。
那时,你的心依然会说:
她有惊人的美,

她的美里
有让人畏惧的
无限纯洁的力量。

2006/8

雪

1
腌好黄花鱼,
雪忽然大了。

一抬头,
奔于锐物的心
就陡然停下。

好一阵空茫。

院子里,
喜鹊已飞,
柿子孤零零挂着。

凛冽的时辰,
朝一端塌下去。

而雪扑上来，
堆到甬道、葡萄架
和没来得及种上树的深坑里。

2
从厨房望出去，
对面屋顶的葫芦瓜在雪中
闪耀烟青色。

四五条老丝瓜
挂屋檐上，直愣愣的，
四周爬绕些枯藤。

没人出门，只有阳光
在它们中穿梭——
整个冬天都这样。

我爱这安静
和安静中沸腾之物：
楼梯间的灰尘
歌声、
米浆的倾诉、
餐具的碰撞、
手指儿。

我爱这光,也爱
这光中日常的失败。

3
当我坐在餐桌边,
我是一个被寂静宠爱的人。

因为恰当的停顿——
水不再哗哗流,高压锅
不再喷突。干净的青菜盛在白瓷碗里,
切好的胡萝卜安静地
躺在兰花盘。

各类餐具:锅、盆、保温杯、
电水壶……它们的影子
在石英石台面上
温柔地闪光。

因为等待,
因为一场雪。

当我坐在餐桌边,
所有脱离我手指的事物
回头看我,
并用微亚的光抱紧我。

4

　　我拖着一篮子莴笋和白菜
　　走出早市,着魔了般,
　　一步一回头。我在看
　　早市和高速路之间的
　　隔离带。那是一片杨树林,
　　光秃秃的,没一片叶子。
　　林下的新雪润洁鲜亮,
　　也没脚印,平整得几乎
　　看不出有任何起伏。
　　阳光从东边打过来,
　　戳进雪里,在雪的表面
　　溅起彩色的光晕。
　　这使得树干更黑更硬了。
　　在人群攒动的早市和
　　喧闹的高速路之间,
　　这林子没任何设防,
　　但它有自身的力量。
　　在它内部,林子和
　　雪地互相加强,
　　努力往不同的方向
　　纯粹着。这让人
　　不敢践踏,也不舍离开。
　　我一步一回头,那雪光
　　抓紧我的身体——

在冰凉的空气中，
我感到我所爱的
渐渐超过我所承受的。

2011/12

邢辉诗四首·北戴河

办公室

酒后的天空雪花般散落
压得身体发轻
一只脚螺丝钉般钻进水泥地
一只脚如败絮，风一吹就散

静静等着
风落到眼睛
所有突兀的建筑
都被吹散了向上的方向

心中装入太多别人的生活
假装聪明的表演如同白日梦游
逆着风，我试图找回
散落于别人眼中的：
一只手，一只耳朵
一段匍匐的躯干
一段出窍的灵魂
但他们吝啬地只出示
一张笑脸

北戴河

过了暑期，我想人不会太多，正午时间
走向海边。俄罗斯游人如织，我穿行其间
尴尬随肤色和体态的差异而渐显扎眼，的哥
看我的眼神比我看俄罗斯少女的眼神更热切。
我快步疾走，如一条不会游泳的鱼。俄罗斯人更从容
好像不是我，而是她们，骄傲地走在自己的祖国。

微热的风吹来缥缈潮声。海、天空一样
立在眼前。沿下坡路前行，海慢慢躺下
隐藏于密生的松柏和五彩遮阳伞后，吸引我
更急切地冲向她。粗糙沙砾深深摩擦脚底，原始
粗暴的快感从脚底弥漫全身。穿过覆盖海滩的
裸露胸脯和大白腿的间隙，沙滩渐凉
终于触摸到轻柔的海水，如女人的手心轻轻托起我。

海草无声地缠绕脚腕，又无声地退去，一次
比一次温柔。波光延伸在更远的远方，浩瀚
紧紧抱住我，左边的海水和右边的人群
让我一次经历两种风景。渔船颠簸在海的深处
沙滩平静地载来自不同地方的表情。更多的
俄罗斯人，从遥远的大陆来到海边眺望另一边
更远的大陆。不同制度的资本主义如此相似
满眼的比基尼比人权更具吸引力。沿着她们

前进，身饰品商贩鱼娴熟俄语和黝黑脊背
让我如哑巴般惭愧。自学成才比义务教育更接近
生活本质，就像火车过天津时
母亲用东北口音固执地宣称沈阳是直辖市，天津
属天津省一样。我惊讶，送行父母用河南口音
南昌口音一致说，好好学习。

同样的差异存在于我和商贩之间，就如此时，
俄语把我们分开，他把我当作生活，我把他当作风景。
我在海礁边坐下，他在人群中奔走。在我们共同的视野里，
俄罗斯男女在浅水中融为一体，健壮臂膀拍起更大的水花
下午时间就这样过去，远方的寂静随潮水涌到脚下，
我融入这片礁石，仿佛触摸到了海的深处。

从北戴河赤土山大桥下去沿海滩步行到奥体中心看奥运足球比赛

水不没足的沙柔细如毯，阳光慵暖
浸透明澈的海水，呆笨的趴趴鱼
在被闲适的脚无意踩到的一瞬，敏捷地
钻进沙里逃无踪影。寄居蟹的奇形怪状
比想象力更适应自然的进化。欢叫的小孩和各色
女人比海滩上待捡的贝壳还要多。我们不远千里

来呼吸大海的风景。大海永恒的浩渺
也不厌其烦地收回人们留在海滩上的喜悦或
忧伤。乏味的日子让我们置身同样的命运
如远方涌来的浪花，在经历不为人知的坎坷后，
或无声地逝在岸边，或轰鸣着撞向礁石
真羡慕那些鸟啊。神仙一样在空中
自由地飞。我基本上叫不出它们的名字。
海鸟的种类比我们的民族要多得多。或许
它们能听懂彼此的方言。但我学不会
欢快的鸟叫。我更喜欢与它们默默地
结伴而行。走了快 3 个小时的路，
早就忘了球赛何时开始。回头看时
漫长的路程吓了自己一跳。无意中
许多看似艰难的事情也就这样完成了。或许
在黄昏海滩上散步，比那些重要的事
都重要。不着急，就让时间在前面慢慢等吧。

葬礼

安静地躺着，生前被人淡忘的沉默
此刻，成了事件的中心。
想象中的团圆，此刻，成为现实。
挽联和花圈，记录一切
标志性的哭腔比翻录的合唱

更显真实，致哀者用密集的脚步鼓掌。

一段阴影中，沉默的悲痛，
和眼前的尸体一起无声地缩小。
凝固的笑容在最前面，带领着队伍。
灰色道路被冷漠打磨成刀刃，
冬天阴沉的天空压到头顶，
乌鸦在树上，比白幡更沉默。
黄昏被磨成骨头的颜色，眼望着
黄土一寸寸地掩埋走过的脚印。

老宅子的钟表已经停了7年，
但余音，听不见的余音
从旧桌椅的裂纹中，从门窗破碎的玻璃中，
从屋顶的缝隙中，
从地面、墙面的红砖中，水一样弥漫。

杨会会诗八首·小札

六月

平原托着这村子,家儿家儿都歇了晌。
翻个身,老家的窗户正对天,看着它越来越蓝,越飘越远。

啪——蒲扇打过来——快睡快睡,
奶奶不满地咕哝着。白地蓝花的衫子
坠叠在松垂的奶子下面。

晌午的光里,前街后街摇摇晃晃地荡开两边的房垛,
紧贴着墙根一小溜阴凉。
一小块玻璃渣恰好反光,孩子们
锅底黑的小脑瓜哗就挤了过去。

收麦的日子来了,云躲得远远的
抬眼只能看见个边。热风更燥。
家家户户夜里安静下来,
凉席垫了棉单,温温地贴着身。

而白天，蝉叫洋洋的。
村子兀的空了。田里却腾腾的水汽。
这边是光着膀子，甩着胳膊，汗水泛出的光
照着那边转着手腕，咬着辫子。

嵌住一把麦子，二叔
土褐色的手往上一撸，眯眼吹开麦皮。

甜菜水。粗瓷碗里飘着草根，
尹红的水亮着，映着半边天。
我呆呆地看，也喊："三爷爷，再给一碗。"

男孩子们尖叫着冲来，扑入一片金色的尘埃中。

秋假

太阳落在远处的村子，
日落的光充沛，柔和
东方缓慢地攀升暮色，浸染。
在天空上方
构成边缘模糊的广阔钝角。

蟋蟀的叫声如浪一般，
涌起落下又再涌起

蜡烛晃动黑暗,
怀抱蝉叫的单调。
滋滋的油响,
混着新麦的味道
绕着整个村子

鸟叫在浓密的槐树,
瘦薄的叶层层覆盖。
我放弃寻找,它们就安静地滑落
纸飞机一样。

圆月
沿收割后的麦田
走来,亮得惊人。
如鸟栖息的人,蹲坐一排。
村子收拢,
这北方平顶的屋就是家。

水桶里的西瓜,忘在田边。
抽旱烟,小声交谈天气,
走上陵沟,摘嫩黄瓜吃。

多少年,我远离又归来的地方,
还在传唱些什么?
夜里没人说话,
纷纷睡去。

月夜

一大团灰白色的水汽
在马绳草间聚集
渐渐淹没了虫鸣
东北方的天空
月亮梳着又浅又新鲜的刘海

多亏她明亮的额头
田野看得清楚
高低连绵的毛毛草和堆放腐烂的秸秆
昏暗中，轮廓竟比白日更加清晰
溢出纤细的触角微微震颤

我深入，
两旁的草丛拥着小路
月光下，路面银白色
映得丛草发亮

我奔跑，居然没有一点声响。
妈妈的声音却劈开黑暗，
准确地抓到我。
莫怕莫怕，到这边来。
地井旁，要彻夜看水的她冲我喊

如今,水泥路、楼房,不过两米的龙爪槐
和从没没过脚面的青草填满了田野
有时候我从十二层往下看
那么多人和路。
那些橘黄色的矮路灯
发出阵阵呼喊
一浪一浪
可是,
我听不到你的声音。

以前

我们谈论很多事情,
谈论云,它的颜色形状,腾起或飘逸,
也谈论一些低矮或高耸,
谈论棱角,窗玻璃的反光,
谈论树叶和它的对生。
谈论无用和美妙。

冬季暖阳放大了广场,
看见光就感到空旷

站在广场上看云是很久以前的事了,
也没有很久,六年或七年。

后来，

后来就是火车带来一些面目模糊的城市，一些人，工作日。

再后来，就是长久的、不对称的回应

今天，窗外是又一季的风，风里是等待手掰肩扛的苞谷

红顶的砖房里，是一些家庭或者无根的烦恼。

2016/9/22，修订于 2017/9 月

而立

需要更多的安慰剂
刻意也好
无意也罢
需要年岁渐增中的疲倦对抗新鲜

车过黄河，黄土荒坡
多风的小城，格外热情

多余的安静和分布不均的街道，接连到来
车向前

我却突然感到经验带来的陷阱正在凝视我
再往前，是深陷平庸

2015/8 月

一次独白

停止赞美春天
就是停止假装欣赏
停止就是激烈
我们举杯为着某些萍水相逢里的相安无事
我们独自表演自己
珍视生活里的刻意

而爱啊，那么可爱，会一下子就回到我心里

2017/3 月

小札

承认热爱而非羞愧
正如

明亮解渴
理解舒乏

是日日醒来,仍觉新鲜

2017/7/6

数学

我那河北老乡兼老公
算完本月的收益
在一系列的四舍五入之后
握拳而喜
这个月房租不用交了

奇怪的货币法

一周的准时到岗,是一周的早饭
两周的 $40+40$,是 $15\times30\times10$ 的使用

生活是数学的集大成者

城角一潭啊,晚风似绸

杨震诗八首·激越

与你

我愿竭尽生年,与你
收藏每片雨后初晴的蓝;
每场潮湿多雾的雪;
屋子里透窗而过的明亮上午。
哪怕众多"应该"不停抗议;
黑暗的欲望把我挟持;
生存的疑惑、惊恐与悔恨
陷我于疼痛的旋涡。
我依然会在清醒早晨
尚未睁开的眼中,看到
你所构成的记忆和期待把我充盈。

巴门尼德

——他说,存在便是永恒,不在的,始终都不在。

我分开空气前行
分开厚重的防盗门、安检门,

我拨开地铁里的上班族，
山上带刺的野酸枣，
林地里有毒的五彩蘑菇，前行。
我迎面分开狂暴的风、黑暗的湖水，
体内攒动的各种饥饿，高速路前方无
数标签、无数真理，
亲人的期待、朋友的问询，
评比、竞赛、奖金、职位，
我拨开它们正如它们拨开我，
它们在我身后弥合。
有时我成功了，我移动，
挤走的人群如犁开的泥土分离
如赫拉克里特之河。
有时我必须站住
为别人让位，在无止境的高峰期
被夹在拥挤的、气味浓烈的实体中间，
一动不动地，移动！
我知道，若我存在，我便是永恒，
既然我不得永恒，我便不存在——
我的病痛，我的遗憾，我的爱
我所错失和渴望的，呵……
既然无法永恒，就都不存在！
你的亲吻也不曾存在
更何况你的眼神，那些伤害的话
被你扔出窗外的礼物
烧掉的信，格式化的硬盘，

自动取款机亭子里熬过的长夜
都不曾存在。
不只是期待中的欢乐不存在,
那终将过去的痛苦也不存在;
记忆中的你不存在,
被扔进未来的我也不存在。
我移动着,像一个幻影
在幻影中,
如果有物存在,他绝不移动
他能往哪儿去呢?
到处都是"你",都是"他",都是墙壁,
都是急切想要到来的伤害。
我不能走向你,你也不能。
如果我们曾在一起,就永远会在一起;
既然你会离开,曾经的一切也只是误会。
我们是两个虚无之间一片薄薄的幻觉。
你的拥抱并不存在,正如
你砰然关上的窗并不存在,
那些安静的湖水,
盛大的落日,厚厚的落叶
并不存在……

芝诺

——他说：飞矢不动，阿基里斯追不上乌龟。

我够不着面前的一切：
山脊线、云团、树林、湖面上金色的霞光
我够不到
终点站、承诺、因冷漠而格外美妙的身影，
我够不着书中的想象、理解与安宁，
一个叫"幸福"的幽灵总在不远处跳跃，
等我赶上，它就跳开。
我向前走，所见之物就退却，
我无法抵达任何地方，
万物与我保持距离。
我无法抵达你的怀抱，
即使在皮肤的紧贴中，
你的双手依然过于遥远。
中间隔着一万个误解，
一万个猜测，一万个忧虑。
我以多快的速度奔向未来，
未来就以多快的速度远离我。
其实，我根本无法移动，
如果足够诚实，我就该承认：
我从来没有走出过痛苦，
衰老、贫乏、与无知。

尽管周游世界，你依然只是站在原地，
站在你不愿站立的地方，
你只是，换一个位置眺望。
你不能同时站在过去与未来，
去体验一个梦想成真；
你不能同时站在这里和那里，
抓住一个近在眼前的远方。
我没想到，你我之间相隔的不仅有空间，
还有时间——那堵一旦建立就永不拆除的墙；
握住的，早已不是苦苦渴望的手；
我没想到
我走向你，就是与你分离。

行走

回到教堂钟声均匀的寂静，
街巷中沥青的软，浊辅音的硬；
回到节律、自由、信用和稳定；
回到遍地阳光，充沛的热望；
回到《深处》《法兰克福》……
亲爱的，是的，
时光可以倒流，但
你的爱，你的遗憾，你新鲜的刺痛
却不会。

回到清晨的冷，黄昏的暖，
三层清澈云彩，
一个又一个不同香水的拥抱；
回到讨论室、图书馆、公寓；
回到书店却回不到无知的狂热；
回到太多熟悉却回不到渴望的新奇。
亲爱的，我回到你却回不到他们；
回到一个名字、一个方位，却
回不到一场梦。

回到小路两边树林簇拥的安详，
砂石地上缤纷的洁净；
回到七叶树、三叶草、橡木，
高大钻天杨燃烧着的八月时光；
却回不到
一双沿着你的身躯攀缘的手，
你凝结所有疼痛呼唤的那个形象。

回去，是永不能实现的刻舟；
回到一片大陆、一个国家、一座城，
回到金海姆大道 42 号 1561，
却回不到 2007 年 10 月 3 日
那一声时光之门的吱呀闪亮。
鸽子、乌鸦振翅而飞，浆果油黑；
推着婴儿车的草地和森林，
各种花香向你微笑。

回到德语、英语、法语……
却找不回那套秘密语法
你我曾分享与诉说的一切。

回归,是无法后悔的南辕北辙,
是在一个球面上寻找起点与终点。
回到遍地笑容,各种握手的温度,
门前几度落叶又开花的树,
变化莫测的天气,
充满活力神奇的光线;
回到激励、自信与强壮;
回到一个深爱过的人,却发现
熟悉的河床里流淌的尽是陌生。

亲爱的,回归
是比远离更快的速度奔向远方;
当梦想成真,发现
成真的不再是当初的梦。
你朝着过去的方向奔向未来(或者相反)。
地球是圆的,而你的生命也是;
向着异国你奔向自我;
用"怀念"命名一条新路;
你向右推动时光的旋转门,
发现自己
置身于左侧。

这就是生活、教育、路途,

回到枝头累累的苹果园，
依然平静的钟楼，炎热中午的阴影之凉，
蓝色山脊线，风化剥蚀的古堡，
红色房子、黄色房子、蓝色房子，
回到木楼梯吱呀吱呀的颤抖，
回到一个不确定。
没有凝固的傲慢，也没有卑微的忧虑，
只有大脑里两条肌肉强劲的腿在行走，
踩在结实温软的沙土上，
在这即使压倒、依然崛起的荒草地；
像风中摇摆、簌簌抖动的杨树叶，
里面包裹的是始终坚固、直立上耸的主干；
云层后面透射出
轮回起落却永不消失的金黄。

2013/8/4 法兰克福 GINNHEIM

白刺玫

在山路拐弯处，一块被遗弃的沙石地上，
疯长，蔓延，搭建起密闭的城堡，
覆满层层叠叠的锯齿边叶子，
不仅枝蔓，连叶片上都有刺，
没人能够进去一探究竟，

只是经常听见鸟雀的喧闹,
冷不丁吐出一群麻雀,一只黄莺,
一条蜥蜴嗖地横穿土路……
等到叶片稀疏的冬天,
你才看清里面玲珑的空间,
错综复杂的迷宫,庇护着鸟窝、蜂巢、蛛网……
还有一个年代久远的石头神龛。
春天,万物发芽,这个独立王国又慢慢闭合,
沉入它幽暗的欢乐与神秘中。
随后,就在五月的某个早晨,
山路上吹来一阵甜丝丝的粉末状浓香,
蜜蜂嗡嗡作响,转弯处一片白亮——
那个被遗忘的幽暗世界
向我们开出了无数黄蕊白花。

阳台

我想起你
但没有想起你的样子,
只是看见晴天下
一个突伸的阳台

白色阳台,比天空还亮
那里有一盆植物在南风中晃悠
所有光都倾向它

暖湿气流围绕它盘旋

云从山脊后升起
鸽群像光的碎片飞过蓝天
空气里有意大利的味道：
柠檬花向火山攀缘
千家万户的衣裳沿着那不勒斯湾晾晒

向着你的方向
我看见了大海
那越喝越渴的广袤与深邃……
无法横渡的自由

我想起你
太阳就照彻群山和废墟，
田野、河床、水库，
冰雪融化，整个世界都在发芽

一个古城
停留在昏黄的时光中
喜鹊在老槐树上叫着
平地上有座孤山，山上有个庙

高楼上有个阳台
有风，有鸟，有墙缝里的杂草
早起的清冷，日落的迟缓

整夜旋动的星座
……

我一想起你
就看见了它们。

你

你是一种生活，无迹可寻的芳香，
广播里一段提琴
在黄昏给整个校园带来高贵的忧郁

当我听老歌，体内的欲望退潮
你就出现，像条小船载着我全部的生命
驶入清澈的蓝色群山之间

你不像是某个人，更像一种姿势，
一种气氛，山路转弯后
面前那一垄让人安静的紫云英

你是一道背影，一抹暗示
让人心跳不已的一束猜测，
从不曾如愿响起的电话铃声

修改了无数次的剧本里

从未上场的女主角,你是
食堂路口所有错失,所有假设

渴望和缺席之间的落差
强对流,闪电和暴雨
让我的青春失火,又浇透

残雨,至今仍一滴一滴
垂落在灰烬上,空中弥漫
清新干净的初夏气息

你是一生中最大的错失,
却是最厚重的礼物,你是
我弹过的所有吉他,写过的所有诗句

那么多寂寞,而今听来都是音乐;
那么多空白,而今遥望都是奇迹。

你是发烧时的清凉幻影
醉酒时电话簿中翻到的那一页
坚持最后一个引体向上时心中默念的那个名字

你是受人嘲笑时内心的底气
被人追捧时骤然的失落
是信心,也是卑微,你多像上帝
站在绝望的尽头。

你是此生虚幻的全部证据
也是唯一那道缝隙中的光。

赞美

我赞美转瞬即逝的事物
傍晚天空的光，
窗台歇脚的鸟，
山路上四月的清香。

永恒并不遥远，
就在满怀疼爱的一瞥中；
就在你陪年迈父母
坐着的下午树荫里。

我赞美白鹭飞离树梢
那一刹的舒展，
我赞美分离时的战栗，
遗憾中虚构的极致之美。

只要你足够注视，
时间就会停止，
除非忽视，不会有什么
从你面前流逝。

我赞美,
永动的波涛成全我赤裸前行,
我赞美你从我手中取走的一切,
让我得以张开双臂。

万物以其流逝,让我们自由,
蓝天、大海、起飞前的风,
在热爱的眼中,
每一秒都与这一秒相同。

我赞美转瞬即逝的事物,
鲜花、雨滴、云影,
那不能永存的一切,
都与你我相同。

叶鹏诗五首·观鸟记

2007年3月10日午后和小于一起去树林

松软的湿土上，苇草芽
稚弱地穿透残雪，
不用多久，这份倔强就能长大，
在芒种前长成一人多高的苇丛，
再生出尺把长的蒲棒，覆满河面。

一进林地，野鸭就扑棱棱飞，
自从去年深秋听过它们
苇丛中热烈地告别合唱，
就再没消息，阔别一冬的老友
真想飞上天和它们一叙别情。

数着啄木鸟的树洞，
深入无人的林地不费力气。
树枝在风中互相撞击发出空响，
伴奏清晰的啄木音响。
冬天没走的两只啄木鸟依然勤劳，
一只红尾红颊的总没耐心，
那只斑翅的却一直沉稳踏实，
今天，看到一只没见过的小家伙

也在树枝上松鼠似的上下蹿跳，
想来是树林的新朋友，
正在学习融入这里。

白鹭也回来了两只，
涉行在灰黑的河口浅滩，
羽衣纯白，仿佛不沾只尘。

今年的树林还是去年那片，
在用自己的日历记下季节
何时草吐嫩芽，何时动物复苏，
谁会在什么时候回来离开，
而我们，在这里感受季节，
体味古人留下的节气历法，
思考时间，也思考自己。

2010 年 8 月 23 日，在北戴河遇见三只海鸬鹚

站在湿地与海的交界，
我们视线的最远处，
纯黑背羽镶嵌于明亮的海岸，
如果没有望远镜，
那里只会是三个近乎不动的黑点。

再向前只有大海苍茫。

它们是路过这里的海鸬鹚,
从阿拉斯加或西伯利亚飞来,
在这里短暂停留后,
再去加州的阳光里过冬。

三只黑鸟站成一排,
与鸥鹭为伴,面朝苍茫,
舒展开双翅,拥抱
充足阳光和这片海。

它们是在晒翅膀,
不让这居栖处的潮湿
侵腐远行的柔韧羽翼。

我们在自然里行走流连,
也像晒翅膀的海鸬鹚,
为了去除潮湿,
不让心灵和身体发霉,
也为了能走得更远。

2011 年 12 月 10 日，在北戴河湿地看到白尾海雕

它俩有时互相凝望，
默默地在海风中相对而立，
一只低头啄食时另一只一定在瞭望。
有时轮流站上一块塑料泡沫，
更多的时候，它们看着相同的方向。

我俩绕过几乎整片湿地边缘，
像獾一样从地洞钻过护栏，
再像野鸭一样蹒跚着趟过初冻的小河，
想用努力行走弥补天然的短视。

遥远的黑点渐渐变大，
直到两只半人高的猛禽，
用肉眼也能看清它们楔形白尾、
披针羽和黄色锋利的脚爪尖头。

看着它们在海边一动不动，
我们默默地站在十米之外，
错觉时间会永远如此。

毫无征兆，雌鸟腾空而起，

向着比天更蓝的海面飞去,
惊起大片栖息的海鸥。

2012年4月22日,在北戴河遇见白鹤列队北飞

一队白鹤携海风迎面而来,
舒展的羽翅还未扇动,
已快得我们来不及惊讶,
仿佛沙滩和海浪要将我们
也送入天空中的"人"字。

排着整齐的队列,由南向北。
十几米的低空,甚至能
看清它们黑色的初级飞羽,
像是纯白衬衫上缝着两只黑袖子。

临近头顶时,头鹤发出
"红克—红克"地鸣叫,鹤群
随这欢快之声变化起阵型,
原本领头的白鹤退入阵中,
阵列两肩各露出一只新的领队。

白鹤们一边相互呼喝,
一边齐整地分队、插队,

幻化出玄妙的阵型,仿佛
在以天穹为幕,写出我们
不懂的自然之书。

不远处,专心蹚水的儿童,
不怕初春未暖透的海水,
低头翻找着变幻的水波,
丝毫没有留意海面,掠过
弓一般的鹤影,箭一般飞驰向北。

2013 年 9 月 16 日晚,布达拉宫上空鹤群盘旋

看,天上有一群大鸟会发光!

布达拉宫上空,墨蓝的天空
深邃通透,几近于黑
一群鹤发着神秘的橙红微光
仿佛是一朵朵相聚的火焰
跳动、盘旋、飞翔。

浓黑夜色中,那群光在
高处抱成一团行走发光的云,
到低空又分成每只有翼的精灵

在很远就能听到它们
高亢悠远的鸣叫。

它们从哪里来此又为何在夜空盘旋,
在歌唱什么又怎会发出那神秘的光,
会不会熟识家乡海边看到的那群白鹤
又能不能在世界上其他角落再次相逢

我惊叹于那群神秘之光,
迷恋这优美到让人伤感的盘旋,
有几次,它们飞过月亮
变作一只只犀利的十字剪影
又迅速脱离,回到墨蓝中
继续巡游,串连天穹中
或明或暗的繁星。

张辛鹏诗六首·工作与时日

五月

中央空调开始制冷。
因为阴天而没有西晒。
隔着玻璃,车行驶发出隆隆声
宛在身旁周遭:
细碎琐屑的哗哗声持续疾驰。

很多客户在小长假出游回来路上
飞机延迟,刷屏无度,
以致节后有充裕时间修改方案,
弄清楚十余个村产项目:
占地、建面、类别、均价——
知道保定周边竟有这么多村
自己盖了房子,做成了开发商。

假期订书陆续到货,
快递比一年前更快。
《另一个世界》《彭浩翔电影剧本集》
《蛊惑世界的力量可卡因传奇》
《同时代人回忆契诃夫》……
拆包裹拆出幸福感,读书读得越发慢。

一次大酒若干小醉,
眼见生活平铺直叙铺陈开去。
整理茶罐,发现半饼贺开——
只一小块儿,便喝出整个春天。

周四限行尾号 2 和 7

朝阳大街和北二环交口,
滴滴打车不好用,提示:
附近无快车;出租车司机
一口价,说二环太远。

周四气温、空气状况好过周三,
轻薄开衫配搭长袖 T 已不冷,
藏蓝和黑色明显更吸热。
等 60 秒红灯从二环外回其内,
眼见人和车同样抢行。

下午三点太阳很热,
像某个少雨夏天。
路面升腾的热气里
老爷子用小三轮载老太太过路口——
扶下车,搬出马扎,并排坐好。

一个恍惚，如此春日，似曾相识；
一个恍惚，如此春日，竟已到来。

改完月计划，发现太阳晒了进来……

朋友圈里腊梅、山桃花开得正好，
阳光灿烂，天蓝如洗。
一月结束一日开始，时光缓行
从灰茫地面划至天际（真的，模糊远楼
构成逼仄天际线）。
空气轻度污染，晒到身上的光很暖和
不似早春，而如盛夏傍晚。

从白亮光源辨别太阳颜色：
白亮、白、亮黄、橙。
所有颜色都存在过渡色，
一种难易描述的过渡和变化。

这是一份完备计划：
34P，8972个字，29张配图，
23%的利润率（考虑3个月账期）。
还需将文档调成PPT。

42分钟电话中断——
太阳改变了位置和方案的合理性。

晚来天欲雪

阴天,下午三点四十像极
五点四十,如果远处影绰的楼亮起灯。
这个小城陷入沉寂,包括
往来的车和车。
一朵室内的花兀自开了,黄蕊
白花瓣,之后结一个红色果子……
有阳光会开出两朵、三朵。

恋爱纪念日

> 如果你不来,这些就无关紧要。
> 如果你能来,这些就无关紧要。
> ——【波斯】鲁米

你去上班换我带儿子,
扫地、擦地、洗衣服,
等洗衣机甩干空隙——
修垃圾桶的翻盖。

妈张罗午餐顺便煮新花生,
儿子抱篮球满院跑。

此时，半生柿子落下
摇晃蜡质叶子，
指向阳光和无尽蓝天，
初秋特有的蓝和高远。

清理上周买回的蝈蝈和笼子，
掏出四片干菜叶，洗刷藤编。
愚凡说："小蝈蝈会叫GU GUA，"
我告诉儿子，那是小青蛙的叫声。
手机短信提示：周六新发理财产品
预期年化收益 3.90%。

读阿城的故事给愚凡，
儿子要听《三只小猪》，
并不停打断我，想自己讲。
我打磨一柄木质书签，
等妈妈把花生煮熟。

去塞罕坝

> 在蓝色夜里／微霜，天空散着微光
> ——加里·斯奈德

连续穿过隧道，黄色白色灯快速闪

过。行车提示：持续行驶过3小时，需休息。儿子在一旁睡去。车窗外天色由明转暗，上坡下坡，行驶盘山路上时而可见红色太阳。为防止瞌睡，摇滚乐痛仰换成蒋勋诵读《金刚经》。周遭寂静风阻渐小，轻微风声和着儿子呼吸声，长时间开车情绪磨得平静，单一动作如坐禅，让人安静。

雨绵绵地下过古城，
人民路有我的好心情，
今天就像一封写好的邮信，
等着贴上一枚新邮票。

太阳终于隐没，车下高速。带反光条的路牌出现，左行抵塞罕坝国家森林公园，右行去围场县城。国道路变窄，坑洼，间有重型卡车经过。在车远光灯照射范围里，灰尘盘旋而上，纷纷扬扬。车窗外应是暴土扬烟。与此同时，撞向车灯的飞虫和黑蓝天空中的星斗在增多。再次转弯，农家院招牌和成排大树越发多，货车减少，少了腾起的灰尘，空气变好。

若有色。若无色。若有想。若无想。
若非有想。非无想。
我皆令入无余涅槃而灭度之。

儿子在我和妻子谈话中醒来，望向窗外，对认出的事物准确说出名称：房子、树、大高山、房子、

灯、山……随见随说，伴随母亲的鼓励和称赞。风自车窗边缘涌入，清冽且寒冷，

车外温度显示16摄氏度。高大白杨的暗影提示，若有光会更漂亮，远处的山如是说。

梦想，在不在前方，
今夜的星光分外明亮，
想着远方想着心上的姑娘，
回头路已是那么漫长。

远山彻底不见陷入黑暗，车灯扫过的路变得更窄，但好走。开出村庄又开进村庄，中途是收获后的荒凉和晒着的玉米、成堆的土豆。农家院的光由少渐多，终于鳞次栉比。未能按照预期抵达林中宿处，在路边院过夜。在山中，儿子保持了对动画片的热情，一如我看到的星空和林木、荒草、玉米、秸秆勾勒的大地。

如来所说法。皆不可取。
不可说。非法非非法。
所以者何。
一切贤圣，皆以无为法而有差别。

晨光叫醒万物和儿子。儿子对着远山、近树奔跑，第一次看到长在地里的菜花，从成堆的向日葵盘里抱起一饼去喂梅花鹿。能将所见描述给母亲：我看

到了鹿，有犄角，短尾巴，不如长颈鹿高，有黄色的毛，有白点儿，还有眼睛和嘴。万物在儿子的眼里越发清晰，如晨光中的一切一切。

三千大千世界所有微尘。
是为多不？

黄色绿色落叶松始终在路一侧，或左或右。阳光照射森林和大地，明亮感令人喜悦。光和风从针叶间穿过，光落下，树叶一同落下。车经过，卷起层叠树叶，飘落，路基便满布黄色针叶。林间黄色的草和花伴生，草多花少，花开过花期。时而有进山进林土路出现，路显示大雨泥泞痕迹，车胎花纹碾满裸露的土。单只的牛、马和成群的羊会闪现，它们和林间的草树同样安静，此刻我们不说话，世界便悄无声息。

当生如是心。
我应灭度一切众生。
灭度一切众生已。
而无有一众生实灭度者。
何以故。

湖水远观平静近看有跌宕水波涌动，周遭野草还有闪绿者，近水得水。湖边树木并不高大，团簇灌木较多，叶子并未落光。太阳又已转西，似乎日出就在上一秒而日落已至，阳光改变了湖水、荒草、针叶林、白桦林的颜色。若有造物者,应是光。白桦林真的满布整座山头,白亮如光。高大枝干、细小枝桠反射着白色的光,大团白云萦绕,天地如一。如此之境儿子又睡去。

2016/10/8

赵静诗七首・姥爷

问卷调查

一整天，100个人的声音从我面前流过：
16-22岁、23-30岁、31-45岁、46-60岁
10道甄别问题
袭卷重复话语与混乱记忆
在KTV包间凹凸不平的红色墙面里
拍打、叩击、逃窜。

不带一丝犹豫，
我从最初的不敢直视
到如今的无暇抬头，机械、麻木
掺杂的礼貌将故作亲切的语调装潢。

而一墙之隔的繁华商厦在持续升温，炙烤
这昏暗隔绝如黑夜的真空。无关辛劳
细小的汗珠从踌躇渗出。 一整天阳光灿烂
电梯早将100个人身上散发的暖日激情带给我
却偏偏只为我开启早晨、傍晚的星光
那冻结的时间。

2009年

姥爷

1
从不言说
因言语被炙伤
内心翻滚、纠缠
默默地,苦汁在胃里燃烧

我想你!多简单的一句话
一遍遍吞咽
在村边小路、黄昏尽头、眼睛深处
到处都是你的存在
而今你在世上的哪个地方?
是否听到我的童年欢笑
在呜咽的浪潮中
奔向远方……是否欣然微笑:
这一刻,我终于决定不再向后看你
忘记你 2009 年的最后一天

我只能这样,对吗?
无论路有多远……

2
我从不想占有你
一条生命的抛物线

日常终将消磨彼此
平直只是虚幻

你转身
黑暗的火　下旋
刺痛呼吸，眼睛
劈开隐秘的路

天空植入大地
爱与痛并驾齐驱
那路没有尽头
你已归去。

2010 年

最后一天

挽着腰，拥着我的悲伤
最寒冷的时节我们迎着太阳走

吃冰激凌、喝陶罐的蜂蜜酸奶
校园的马路、临街的杂货店
目光所视，寒冷的季节
空气坚实、清醒

我跑到别人的宿舍楼，
让你等我
望着楼下张开臂膊的梧桐树
思绪随枝冠蔓延

你低着头拿着手机在展板前
躲在背后，我成功吓到了你。
你笑着讲刚才搬箱子的男生，
委屈的样子肯定是大一的孩子。

冻着耳朵，裸着双手
路过群鸟聚集的领地
穿过小摊林立的过街天桥
我们并排着向书店走

拥挤的书屋信号微弱，时间凝固。
越过排排书架，你突然叫我。
刚刚我故意只让你买一本侦探小说。

你走过来，声音已先找到我。
扫书的余光看到你专注于我的神情
有那么一刻我真的想回应你。

半夜

半夜防盗门上的锁
咯噔一声
清脆、突然
让人心里跟着一颤

是谁想打开我的门
那些思念我的
还是憎恨我的?
床头的灯光隐晦起来
风开始在袖口钻。

2011 年

我不会再想你

我不会再想你
再见的决定我已说出口
我不会再想你
不是埋藏内心
是毒草从心底拔起

你从歌声中走来
是灯光、幻想
赋予的梦境
你的好是我深深的负担

请原谅，我臆想的伤心
是为了掩盖怯懦
调制的这杯酒
只是为了另一杯

夜班

昨夜，从睡袋出来
站在眨眼的星星下
寒风呼啸，五级风力
夹带着塑料苫布阵阵作响
机场外场地上的集装器零星分散
喧嚣作响，却没了往常地来回乱窜
远处看像是无数孤单的坟包
冷冽的寒光侧目注视着
飞机巨大的引擎
摇曳高耸的灯光。
为了给你温暖
也期待你的安慰

我躲入另一个黑暗

呜咽声如影随形

夜,低沉孤独、让人心痛

亲爱的,不是我苛刻

寒冷的季节我需要你的拥抱

2012/1/3

无题

二月,我恨你

像一根毒刺长在心里

天气缓慢回暖

阴冷时在

我失去了所有平静

三月,我的生日

那个破灭的希望讥笑着

当春回大地

柔情乍现

我不知何去何从

二月,想起你

就是想起我所有的不安与犹豫

你说爱我
可如今你在何方

三月,就在窗外
预报的雨夹雪一直没下
姗姗来迟的
还有我的爱和怨恨

2012/3/1

赵星垣诗六首·剧场

浮 沉

鸭绿江在大笑。
带着"哗哈哈"的水声
它拨卷起一丛丛旋涡
泼洒出浪涛和水花
把桦树扎起的筏子打横。

你们俩散披头发、
血染布衣的小兵,
还挥动鼓起青筋的手
操弄松木板子
奋力把航道拨直?

那个跌坐在木筏中间,
养着三缕胡子
套在紧窄的士兵服里
脸色苍白的人,
就是你!

站在火红的"隋"字大旗下,
拿你中气十足的声音

宣读那满篇"蛮夷"的声讨，
率领欢呼"必胜"的铁甲军队
用高大的船舰犁开前路。

风儿啊，
鼓一样击起！
让你浮在虚空的白沫中
随那起伏不定的破裂
望着对岸喃喃自语。

   2013/4/3 昆明至南宁火车上，
      2013/7/28 富民

逝者为大

他倾身、出轿，扶向
门前多年不见的老管家，
流着泪叹气，迈步走进
两边悬挂白灯笼的朱漆大门。

迎面的照壁，壁上的庄园
照壁里画着带照壁庄园——
还是他们一起想来
谈笑着让画师写出的。

想着他们的争执、绝交,
在殿上互相参奏,
那么多可以追忆的事情
一切不过是游烟浮云。

直到他入堂、在灵前跪下,
心中已完全地超然和平静。
但是白衣众人的叩首、痛哭,
比对别人的还礼都要哀恨。

2013/8/2, 8/3 昆明

压轴戏

列传中记载,
他带着皇帝所赐的
白银和荣耀
回到乡下的田庄,
宁静地度过余生——

青山是他待客的厅堂
岩石上铺写往还的诗篇;
就象松树一样苍郁,
云烟颐养着

他那如"水"的美德。

史书没有提另一出。
他让门生抄录的邸报，
每句都会绕开
东、西厂的耳目
在宾客中秘密送达。

近来，京城在沸腾。
"圣人"也阻止不了
要求召他还朝的声音，
士人们感动于"偶然"泄露的
他言语恳切的辞呈；

而象征性地一次挽留，
它立刻就被恩准了。
一想起那难当的羞辱，
他扰在袖中的拳头
总是不由攥紧。

      2013/8/5, 8/6 富民

红铅丸

宫殿在冻结。
言官一再叩首
请圣上远离
张真人和他的狼虎药,
请用史书当明镜照耀
请用商纣、汉成做尺子度量。

宫中太监们偷偷流传,
罢朝的皇上发了通脾气后
对着紧紧跟随的心腹说:

"不要再说
杨御史应当问罪的话了。
他很忠诚。
朕怎么会不知道,
这种激发精力的药丸
就像往暗淡的柴火上泼油
将人的生命迅速燃尽。

社稷、责任、流传千年的荣誉,
当然都要去珍惜。
但这种你体会不了的欢乐,
纯粹而不计其余的欢乐——

别趴着发抖、起来吧,
把杨御史外放、
把丹药取来,
只要让朕今夜拥有青春。"

2013/8/7, 8/8 富民

临刑

套着木枷和锁链
被皂衣袍的衙役押解着,
穿过一间间的牢房和谩骂:
"伪君子""叛徒",
"懦夫,吴成章!"

开了木枷、饮过断头酒
他缓缓跪下,感到
膝下的木头台子
在号炮的鸣响中
和阳光一起战栗。

他平静地抬起头
眯着眼缓缓迎向
百姓们一层层的指点,

认出了远处谈笑的阉党
和阴沉着脸的孤单学生。

突然不可遏制地颤抖——
他所懊恼的，不是
即将逝去的生命与荣誉
而是那一刻，
他竟然动摇了。

2015/2/6, 2/15

塞内加

他站直了身子
没有朝任何一个方向摆动，
命运降临时
怎么选择都是错误。

用力闭紧嘴巴！
就像他曾经的演说：
任何的旁白和辩解
只会削弱戏剧的力量。

2015/2/14, 25/26/27

甄紫涵诗五首·洱海边

火星

下午四点的光在前挡风玻璃上凝结，
降下车速，
早晨降落的雪化成一道黑线，
电台音乐流伴着嘶哑的杂音，
副驾驶被搁上衣物充作旅伴，
间或有影像在眼前将心紧攥，

风噪满耳，溅起石子，
野树连枝，低空中淡白霞光与枝杈交接，
缓慢时针微露黑蓝，
在你缺席的回程
与连绵细密的暗影枝条
进入无限微缩，无限延扩，无限停滞的夜，

这些凝结的——
建筑都已点亮，
蓝色的漆涂满夜空——
被一一投入我长久的回忆，
在狭长的山谷
隐匿谜样的影踪。

2016/1/29

五月之光

地里都绿了,杨絮在风中所剩不多,
迈入盛夏的杨树和春天模样的旱柳
摇闪着叶子,裸露半年的土地也被绿草铺盖,
相邻的它们,填充着。

雨后洗净的,树叶和天空
随着太阳的移动提升亮度,
更透彻的,田地簇拥的村庄
布局,结构,扩修的痕迹
从高速路上望得清楚。

在快与慢的城市来回,
从休憩、暂留的间隙抓住
阳光由亮转暗的消逝感,
在冷风中,车流缓缓,少男少女
用担忧的咒骂表达双方的关爱。

相聚由十字路口分散,
空气闷重,沉积在各自心中的凡念
在某一瞬避开不见,一同等待变灯,
穿过林荫道,
盛兴西路的铁轨、供暖管道、幽深的黑夜。

天色转晴,这座城市还没醒,
随升起的太阳从年深日久的槐树圆弧下
冲进新一天,光线布满前景,
新鲜的绿摆晃,我们
又一次抓住,手指勾连时强光加速燃烧的灼热。

2016/5/4

离家

矮山在浓烈的雾霾里变得阴暗,
一重灰霾将山体洒出黑线,
开凿后的山麓被黑暗装填,
车灯远远散去,照不透高速路面,
有几束光借流动的空气前探,
沉沉的暗色加重色调,没被微小的莹白打扰。

通往村子的路缺乏指示,那条乡间路
冬季无人清扫,积雪慢融,此时
树垂作拱桥,行路似归林,越深处
已望不清,老人坐在路口石板,
树影在脚边织毯,那些贴身的饰物
氧化后变暗、变沉,不再取悦他人。

她正准备今天的午饭，三只海蟹
在蒸汽中相撞，那双缠着创可贴的手
洗菠菜、金针菇和未切割的豆腐，
滑轴门推上，他在光线冷清的客厅
看到父亲躺在那束窄如半身的光带睡熟了，
卧室柜上的全家福颜色浅黄，淡淡地笑。

热开一壶水，倒掉瓷杯里昨日的余存，
倒满，热气散成一团，不规则地消失，
调低电视音量，更换到浮冰上捕猎海狮的熊，
熊一再扑空，快耗尽力气，没有选择，
潜伏在水中，屏息，冲破水面，
之后，在冰上踱步，用松弛的肌肉。

很难分清每座隐身在晨雾里的山丘，
相似的灰度，垂线或曲线转瞬即去的片影
生长着正在跌落的树叶，在冷风中
跌落，很难分辨，每片叶子的颜色，
像驶入一堵堵纤维状的灰网，附着着
拉拽着，若有若无的，放缓着，推动着。

2016/10/17

甄紫涵诗五首·洱海边

洱海边

1
海就在脚下,
蔚蓝的,重合又次次更新的撩动,
在雨水突然晦暗时变得神秘,没有一丝光亮的黑快要触碰到海的另一边。

2
可以看到风景的房间,
一阵急促的雨之后,是没有彩虹的趋于平静的天空,
远处云的投影染黑了水面,近处画着圆弧的波浪推远了浅亮的柔光。

3
忽然明亮了,
大片空闲的天空联结着两侧高矮不一的山丘,
它们如此圆润,浮在山腰的白云由山顶滑落,又慢慢地向上爬升,连成一条长长的循环的网带。

4
清污船沿着海岸线经游客注视着前进,
恍惚之间,水面的波纹似乎凝固,船体像划开了时间的内核,

它周围的一切静止了，一任风追踪着前一秒的喧嚣。

5
上百家关闭的旅店停在岸边，
云和水都有些无聊，随意变形，不听彼此的指挥，有时懒散地横作一团，
不激起一丝水花，不给你任何暗示。

6
唯有苍山在云之上，
远远高于暴烈的直晒，刹那的雷雨，和一切尘世的遗憾，
仿佛不存在，又偶然从云层中破出一道流动的光，泼洒在那片人声鼎沸的村庄。

7
入夜后的海水暴露出陌生的那面，
冷峻的水声涌向窗前，数不清的暗色仍在加深它的神秘，山消失了，甚至水也遁入无形黑暗，巨大的未知是扑面而来的湿气，还有人在礁石上向远方望，城市与游客默默入睡，滨海大道上的车零零散散，短短的光慢慢环绕，
这片海，深而孤寂，就在脚下。

冬天的树

冬天，树更清晰，每一棵都孤立……
又彼此相连，用细密的分枝探寻更多的空间，
那些枝条干硬，簇在一起，密层层，
目光闪过时，那么坚硬地竖立，
愈加寒冷的风也不能摧折，
远离人群注视，在旷野、环路边、公园深处
每一棵都孤立。

夜晚，树更清晰，只需一点光
就脱颖而出，它们孤立却相隔不远，
依据城市的规划，吸收着往返车辆的灯光，
非杂乱无章，不迷乱纠缠，
每一根枝条清晰如阳刻，在夜的流动里
视喧噪如云烟，敛宁静镀表面，
展现在眼前，每一根都分明。

它们像在冬眠，
寒冷，是可以共度的梦境，
风吹过也保持沉默，坚定地
长在必然之地，无法挪动分毫，
正是某种命运，模糊安排，扎根生长，
让每一棵都那么类似，在冬天落潮的光照中
尽力保存来自春天的热望。

它们像在交谈,
内部的深处,几乎没有声响,
细软,隐隐作痛,无可挽回,
这长久以来深深的孤立,看着
风打落所有叶子,寒冷包围,
白昼的光让它们显得灰突暗淡,
像什么也没说,把话咽回根部。

雷武铃诗六首·论安静

远山

——给塘友

凉爽的风吹动我们和水面。急速细密的波纹
使亭子好像船一样飘行。
我们仿佛不是在钓鱼,而是被摆放在一重画境里:
微微爬升的红壤土丘,草丛,毛竹
油茶树枝叶蔓延到分际线,前景直接跳到了远景
——三道绵延横卧的远山。
第一道山能看清楚青色的山体。它的山腰鼓胀
再上升而收缩。它的颜色让我们觉得可以到达。
第二道山是条黛色波浪线,遥遥距离里的空气
给它蒙上了一层雾一样不定的灰白。
第三道山令人惊异:它的右边,宛如锯齿
并列两座高峰。它的左边,山势不断升高
几乎到了难以置信的高度。而它的身形
比接近地面的天空更淡,更缥缈,近乎虚影。
它们上面的云,色彩鲜明,轮廓清晰。
不是我在北方所见的扁平飘浮的云朵,
而是直立高耸的整体云块,如岩石山峰。
云的顶端一直伸延到离我们很近的天空。
这些远山激动着我,但我没告诉你。

我独自体察，一次次咽下这电击似的感应
不让心底泪水般的叹息流露出来。啊，我说不出来！
我并不完全明白的我生活的全部，它与此的亲密关联！
我也没告诉你，我看见一个人在半空中看我
她的头像占满那朵硕大的白云，那么清晰，近切
我看见她眼睛和嘴唇的动。一如两年前
我们驱车在山上不停地转弯，我总是看见她的面容
浮现在山谷对面横断天空、直落而下的绿色山坡上。
——这生活的惊异啊，经历时才会知道，
才知道梦想怎样紧随我们。
我们谈起疾病。那种深奥的突然和脆弱。它的阴影下
一个孩子的一生。那些正常日子透出的迷人亮光。
我们谈起玄密的命运和遭际。那些细若微尘的事件。
那些纠结的可能性。现实之谜。
我们谈起穷困。少年自信的梦。如今我们对事实谦虚：
它作为某种骄傲的禀赋，是生活的当然。
啊，人生之路似乎在上升，在不断增加难度
把我们带到新的险境。但我们并不绝望。
另有一种力量在恒稳地推动，潜在的必然性携带我们。
我们知道了众人皆知的经验：成熟、经历
时间令我们平静。
远山一直保持在那里，和我们遥遥相对
它轮廓线上微白的光亮，那长久相望的安静喜悦。
我想着它在各种天气里的形态：下雨的间隙，
草木清新的气息弥散，饱含水汽的白雾静绕在山腰
它的山脚洁净亲切，山峰隐藏在黑色雨云的变幻中。

或秋天不缨垢氛的透明空气里，它在蓝天下毕现。
我喜欢它的悠远，目光信任地
顺着土地伸延，然后，它在远处升起来
如友谊，如远离的生活，不觉孤寂也无压迫。
我感到周围空间里空气的流动，草木缤纷的反光
我身所在的，这色彩丰富，生机勃勃的辽阔的宁静。
它们是真实，宏大的。对短暂，激荡而易于疲惫的生命
它们恒久，平静，始终如一的饱满精神，是长存的抚慰。
人生之苦无法根除，岁月教会了我无视它们
并尽力感受世间的美。
这夏天难得的凉爽一日，太阳一直没露面
光线的变化仍让我们觉察它已偏西。现在，云散开了
灰黑混同灰白，急速变动。西方天际渗出了酡红。
时间到了，我们平静地起身。
你的孩子刚做完心脏手术，必须赶回去给他换药。

2004/8

白云（二）

耀眼的湛蓝色光芒在河谷上空流溢。
一朵唯一的白云，色泽纯净、曲线柔和，悬浮在
北边合围的岭头后面、那座横亘半空的青色大山之前。
它在空中近乎不动。它的大片投影

像黑色丝绸，抖颤着从明亮的山体斜掠而下。
有一阵，消逝不见了。然后，出现在前面的岭头
从那里飘下，顺着河谷的东侧向南滑行。
现在，它高出了青色山体的背景，它的雪白
被天空的湛蓝映射，亮得几乎透明。
少年的我被惊喜充盈，它真的如我所愿向我飘来。
我惊异远处过来的云影那超然的神秘：
它不择道路，不避高低，被非凡的力量推动
无视稻田、山坡、河岸、田埂的差别，径自向前。
巨轮般压倒一切又轻盈如蝴蝶，梦一样
染暗白亮的阳光像风吹皱粼粼波面。
它向我飞近，速度越来越快
凉意夹着大片草叶细密的唏嗦声
风一样，从离我最近的河面、稻田，过去了。
它的背影，飘上南边起伏的、白光覆照的山头。
在更南边白炽的空中，那形状已变的云，停留了一阵，
也消散了。天空只剩下唯一的湛蓝。
河谷张开着，容接垂直降落的阳光。
河边稻田璀璨的青黄，山腰油茶树坚硬油亮的深绿，
山顶松树闪耀的银光，渐次由低到高；点缀在
山间的红壤耕地、红薯叶玉米叶摇动的绿色
由近及远，绵延向远处柔和的草山。
这些不规则的坡面、色块、光斑，从不同的高低和远近
把它们变幻的反光折射向河谷，汇成浮动的斑斓。
我坐在西边山沿松树的习习荫凉下，能看到
炽烈光芒中整条河水的流向。

从北边合围的山底出来,两道平行的绿色河岸
在稻田间直行。不见河水,一道木桥横跨其上。
第二个转弯处,一堆白雪在那里闪耀,——
是河水从堰坝落下。寂静的空气震颤
落水的轰鸣声飘忽而悠远,分辨不出来处。
另一处河湾,河水在鹅卵石浅滩上流溅波光。
对面山脚北去的石板路上,打伞的行人就要折向木桥了
山坳上,庄稼中露出的半个戴草帽的身影,始终未动。
风吹草木,光的波浪起伏,从山坡、稻田一排排传来。
热烈的空气、蝉声,大黑蚂蚁爬上我脸。
噢,两朵新的白云,扁平如梭,一前一后,连绵着
从北边高山的后面睡梦般飘出。
一朵向东,沉入山后。一朵飘到了河谷上空。
那雪白的云朵悠然如万古,浮游于碧蓝光芒的无限。

2005/5/7

和晓谕、铁军、巨文游云台山万善寺

它的位置很好,山路转过最后一道弯时
它突然近在眼前。朱檐青瓦就在对面
这箕形山谷闭合处横陈的那道高山
开阔的山腰树丛中。
它背靠本地典型的米黄色峭壁,

近百米的垂直断层，像古画一样
突耸的峰顶披缀着苔点般的杂树。
它前面高高的石砌台基下
陡直的石阶一截又一截挂下来
直到停车场的平地才止住。
当我们气喘吁吁，回身扶住它台基上的栏杆
凌空远眺时，再次体会到它的位置有多好。
它坐北朝南，就在一把椅子的坐面上
两边的低山（东边的露着石头，西边的树木繁茂）
扶手一样前伸、绕转、合拢
遮断我们的来路。
但低山之外，一抹淡青色一字形山影
把我们的目光引向更远的南边那下落的天空。

它的一切都是新的。检票口的牌楼
石阶和台基上的栏杆——立柱柱头的龙纹上
清晰的沙粒表明由水泥浇铸——
都是新的。它鲜红的殿门、门前的石狮、石碑
檐下的红灯笼也都是新的。
它墙角碗口粗的银杏树和七叶树
新叶嫩绿，也是新栽。它墙上
居委会宣传栏般的养生广告也是新的。
我在它平台的新木条凳上躺下。
连续的雾霾和阴云消逝了，傍晚的天空露出
新的淡蓝色天底。
身在不冷不热的暮春时节，在轻盈的高远处

无牵无挂，我感到自己也是新的。
然后，我听见从庙里转出来的晓谕大声宣布：
"全是新的！连老和尚
和他的丰田SUV都是新的！"

没错！除了我们，就只有鸟鸣声。
其他游客和检票的中年妇女转眼都不见了。
一个和尚黄褐色的身影在门口一闪，也不见了。
只有山雀、斑鸠、喜鹊、麻雀
和更多不知名的鸟的叫声在四下的树丛里响起。
鸟鸣凸显山谷的空旷、高低与远近
但一只都看不见。
鸟鸣让空中的一切落下，使世界空静。
西边山肩上，夕阳跳动了一下，也落下了。
只有光在向高处飞升，在充盈世界，
把高耸的山峰照得绯红，把山峰之上天顶的
两条白云染红——它们擦着山顶在移动。
而白云之上，两架飞机，一前一后，
机翼不动地一直向前。
直到淡蓝色暮霭烟一般从空中落下
我们起身下山时，终于看到一只鸟，是麻雀
在横过石阶的枝头，不声不响。
最前面的晓谕停步，仰头，指着它严肃地说：
"不许拉屎！"
然后，我们放心地从它站立的树枝下依次走下。

2014/4/27

和铁军巨文在晋豫陕间的黄河北岸

在高高的黄土断层的腰间,像礁石伸入大海
这桌面般平整的长条土崖把我们托向三面凌空:
左边是深谷,树林茂密,右边也是;
前边峭壁下露出一点树梢,也该是树林。
广阔前方的天空下,黄河谷地如画卷般、一览无余地展开。
微白的河水,从右边极远处东来时从南朝北弯曲
形成一个巨大的弧圈,那大片河滩地
浓厚的玉米绿,那么远也能看出它的肥沃。
河水到眼前时离我们最近,然后东流时朝南弯曲,
在南岸的顶点再转身朝北,形成另一个圆弧。
辽阔天空之下,一个完整的巨型 S 就这样在大地上完成。
这片宽阔的河面,河中的沙洲,有的已成绿色,有些
只露出一条鱼脊背一样的浅黄线,断续前伸。
右边两条成规模的绿色沙洲,把河水分成几条沙地间的水道。
东边有一条更大规模的沙洲,刚被绿色覆盖。
低平的对岸,河南深绿色杨树后面是大片田地,
那初生的玉米绿还没全掩住刚收过的麦地黄。
重重低山在田地后面起伏,低山右后边,一道淡淡的远山耸起
人说那是陕西华山。
最近的底下,河流弯曲处,一条河汊朝西北伸延,
一条小船在那离河岸不远的地方,在朝东移动,
很慢,但终于不见了。

六月的薄云天铺向南岸、远山，笼盖着
长虹般贯穿东西的河谷上空。
在这可以媲美毛主席当年抽烟眺望的黄河高岸
（那张照片在我头脑里异常鲜明又模糊不定）
我吃完最后一个桃子，觉得还应该做点什么。
比如吸根烟什么的。巨文提议我就这么做
但我还是拒绝了。于是，我什么也不做，
只是坐下，悬空听四下的鸟鸣。
喜鹊的喳喳声构成一大片。一只布谷在河滩耕地某处叫，
让人怀疑是在对岸，听到的只是它的回声。
身后土崖高处一种类似鸽子的咕咕声，
我猜野鸽子，铁军认为布谷鸟的变种。
一只野鸡在我们脚下的林子里
隔一段时间，就大声地短促地叫两声。
还有一种轻轻的嗯—嗯—嗯的鸟鸣
（下到河滩玉米地，我们又听到这种连续的叫声）。
还有一种比蝉声粗糙的鸟叫，细碎的麻雀声。
左右山谷有时传来清晰的白头翁的叫声。
有两只鸟，叫声粗粝诡异，一前一后从我们身后
贴着黄土断层的高处飞过。
能听到马达突突的声音，安静时感觉很远。
能听到河滩修路的工程车倒石头时铁石碰撞的尖锐声。
有时声音汇集，很热闹。有时声响都停了。
微风轻吹，雾气朦朦。我闭上眼睛，
感到身在空中，四处的声音都在朝我汇集。
有一刻，我听到他们俩在低声谈农业，种地。

然后，突然发现，他们正在跑动，四条腿
在我眼前乱晃，四只脚踩踏干燥黄土的声音非常响。
他们在搬大土块往下砸。又拣小土块朝远处扔。
这俩人笑得跟小孩一样无知。最后我实在忍不住了
对他们说：你们俩真无聊！

2014/6，2015/2

论安静

安静中能听到三种声音。
第一种来自窗外。
最近叫的是鸟鸣声，主要是在近处和远处
同时响起的连续的细碎的麻雀声。
喜鹊偶然插进的粗嘎声，很短促。
机器的轰鸣声、金属碰击声、玻璃瓶的触碰声，
楼下好像有人在整理收来的啤酒瓶。
云层传来的飞机声，很清晰。又一阵隐隐的，似乎不太确定。
清嗓子的咳嗽声，连续地，就在楼下。
电动车在小区路上疾驰而过的轮毂转动的嗤嗤声。
汽车喇叭在远处，连续鸣响，然后停止。
鞭炮声在更远的空中炸响，一下一下传来，停止。
听不清内容的小贩的吆喝声，悠然响起。是老年男声
——回收旧手机，旧电器。远去了。

到转角处了，更远地隐约传来。

麻雀声始终在窗外，热闹，细碎，四处响起。

所有声音消逝时，它们仍热闹、欢快地响起，不觉疲惫。

一辆车发动了。沉重的金属管猛然落地的撞击声，尖锐、沉重又短促。

出现，又消失。浮尘般一直在空气中的城市声。

电动三轮经过时的震动，颠簸之声，快速地经过。

又是飞机在云层中经过的声音，持续很久，直到最后的震动消失

这次没有别的声音的干扰。

一只半大的狗叫起来。有楼道的回音，三声后停下。

河水一样川流不息的人世的声音。

第二种是室内白日的亮光和与之相伴的暗影的声音。

书在书桌上投下的暗影的声音。窗帘在书架边轻拂的声音。

家具在地板上布下的暗影的声音。亮光在天花板上停驻的声音。

目光的声音。目光在白天的亮光中更加明亮的声音。

目光交会，燃烧的声音。

目光持续地进深入更深的目光中的声音。

呼吸的声音，空气轻轻扇动的声音。

心跳的声音。安静本身在进行的声音。

还有另一种声音在心里，在闹场。

在安静的心中，仿佛一台幸福的大戏开场了——
首先是一声响锣，长声回荡
还未落下，急促的唢呐就破空而来，带动整个空气
回荡着，震动耳朵。欢快的，热闹，幸福的，嘹亮的黄铜的声音
在心里，在安静的心中欢喜雀跃地闹场。

我们在安静中同时听见这三种声音：室内的光和影的声音；
窗外以麻雀为代表的生命忍不住的唧唧的鸣叫声，
世界运行的机器声，尘世的人声；
还有内心的长声大锣，长声唢呐，欢快的声音
在热闹地上演。它们都在身边，又在远处。
三种声音是我们同时所在的三重空间，安静拥有三重空间。

但不只于此，它们还构成一种更高昂、更热烈的合唱声，
在更宏远广阔的第四空间。
这第四种，总体的，岁月流逝的时间之声。
它们在浩瀚的星际
缓缓而落，轻轻叹息：愿人世的静美永恒。

2017/8/9

论青春

我看着你,我的青春,
在无法停驻的汽车后视镜里,
在只能向前的回望中。
恍如梦境,你的亲爱的声音
从未这么近地
只属于我,只对我说着平常的话。

但公路急转时不断撞见的幽静
和两边山上肃立的松树都证明
你是真的。尤其是翻过山坳
到另一面山的陡直高处
世界突然敞开:山脚的小镇,
近处的山头岛屿般浮升,

淡蓝色远山波浪般层层涌向天空。
这些山一直在这里,但每次
都令我惊讶,仿佛刚刚诞生,
这天地间的群山之美被我们第一次发现,
同时又让我们确定
我们回到了从前,还是我们。

而小镇迷失在它的新中:路是新的,
楼是新的,街边零星的人

和路口诡异的红绿灯,全都是新的。
全新的它还是原来的它吗?
记忆中的车站,铁道,地名中的渡口
全已不见,你我还是原来的你我吗?

每一处都在说:不!又在说:是的!
每一处都那么美:稻田,竹林,
起伏的山坡上的房屋,深谷对面
壁立的丹霞山。每一处
都该停下来耽溺一生,你我的另一生。
每一处都触及命运的神秘,都在叹息:

噢,三十年!命运无数的可能和唯一!
曾经的、消失的时间和现在同时奏响
又消融于眼前:这统摄性的、欢庆
又心碎的旋律。因为现在也在消逝。
因为你,我的青春,真实地
近在眼前,却又无法握住而再拥有。

还有更难承受的,是那时
身在所爱之中却幼稚地不懂得去爱。
总是渴想一个句子,在未来某一刻,
将一生完美呈现。不知道它需要
持续地表达,在生命共同的变化中。
不知道沧桑之后它将是另一生。

你一再确证这就是我走过的同一条路,
但我还是找不到原来那条路:
上坡,黄泥山挖出的新路,在最高处
面对大片的缓坡,一直到谷底,
高速公路在那里优美地闪耀,
山势也朝对面升起,深蓝色山体上升到

惊人的高处,同时巨墙般朝南北伸延。
那天的壮丽与明亮仍在震惊我:
山体和树色异常清晰,蓬勃的夏天
雨后的下午,蓝天放牧着白云,
太阳传布神谕般的光。那天,我感到
有种神恩在最高处,把这一切指给我。

转入完全陌生的高速路,时间之车中
只剩下我。这个下午的阴云
未能释放下雨。陌生的山岭源源而来,
荒无人车的高速路上,我完全丧失了
方向感。这是哪里?通向哪去?
我默念你的笑容,听见汹涌的呐喊声。

2017/12/28

编后记

雷武铃

1

这部诗集是我在河北大学多年的工作与生活中和一些年轻的友人（他们一个比一个年轻）结下的因缘。他们彼此之间也认识、也全都是相互之间特别信任的好朋友，自成了一个有着共同精神情谊的群体。这部诗集就是这一友谊的结集。对于中国诗歌的知音传统、诗集的聚咏传统以及诗人群体的交谊传统来说，友谊的凝聚和促进作用并非罕见，而实属应当。某种意义上，中国古代诗歌皆为友谊（包括欢会、别离、相思、回忆、寄赠应答）之声。当代诗人萧开愚发明了一个词："文字的求偶"，可视为对此的一种引申。虽然一切看来理所当然，但就这部诗集之友谊的因缘、动力和指向，就杜甫所说的"文章有神交有道"，就我们生活所处时代的急速变换和无序而言，这么多诗人（二十八个，实际数量还更多）、持续这么长时间（最初始于二十多年前）、这么广泛深入（多有密切的精神交流和日常交往）的诗歌友谊结集成的这部诗集也可谓实属难得。

这部诗集是一部普通人的诗集。这么说是基于这些诗人的生活，基于他们对诗歌的认识与态度。他们过着与世偕同的普通生活，只是内心热爱诗歌、确信普通生活之内（也是之外和之上）自有一种伟大的精神存在。他们自认是一群本来普通的写诗的普通人，而不是生来与众不同、却不得不承受普通人生活的诗人。他们是向往乘着诗歌的翅羽在精神之境中飞升的普通人，而不是折翼天使般坠入凡间忍受尘世痛苦的诗人。他们受过良好教育，过着普通人的日子，有一份谋生的工作，每一个人（是的，每个人）都工作能力突出，工作非常出色。只是他们常人的生活中有一种自己的精神维度。他们有精深的诗歌教养，他们写诗，赋予自己的生活和生命存在以语言和诗歌形式，这是他们整个生活的精神部分。他们写诗，主要是立足于自己的精神，解决自己的心灵问题，是一种精神实践的修炼。作为诗人，他们对诗歌自身的独立性和诗歌自身的历史、对诗歌自身的内部因素及其构成，都有充分的理解和尊重，但他们的诗歌努力的立足点并非诗歌内部或诗歌自身，而是在于自己的精神认识，在诗歌形式、精神和历史与自我精神认识之间的关联。诗歌的努力是自我精神实践的努力的一部分，诗歌的整个历史和现实都是他们认识和反省的内容，也如他们的整个生活历史、整个精神体验是他们的反省内容一样。所以，那种为诗歌而诗歌，为诗歌的历史而创新诗歌历史（先锋之类的姿态标榜），那种诗歌和诗人内部的争论与他们关系不大。这一点他们和那种立足于诗歌自身发展成就的诗人不同。他们写诗不以成名为作务，不为成就焦虑。对于他们，诗歌属于整体精神生活的一部分，是思想着的精神的一种形式，是自我修炼，精神和内心的自我需要，而非单独标示出来的一种职（行）业或身份。他们属于诗歌界外之人。他们虽然是一群极优秀的诗人，但除了少数几个在公开刊物发表过少量诗作（志军、笠知、王强有公开出版的诗集，杨震、巨文、国辰也有小出版出的诗集），几乎未曾发表过什么东西，完全不为外界所知。这种与诗歌界的疏离正是他们身上这种普通人特性的表现。他们并非刻意如此，而是自然就成这样。对于他们，诗歌是生活的另一面，是生活本身的部分，是出自他们真实的天性，是他们自己生活中朴素的需要。做一个诗人，是做一个人的一部分。写诗，是认识自己、认识世界的途径；是自我完善的实践；是如何生活、如何看待生命、如何更圆满、更丰富、更充沛、更有意义、有德性地幸福地度过自己一生的努力。是成为一个完整的人，在这个世界上努力去更好地生活的一部分。他们对诗歌没什么现世回报的奢求和焦虑，只是感谢诗歌对他们生活的精神赠予。诗歌这一合目的性的理想，他们将之与自己普通人的具体生活结合在一起。这是一部源于展现，也服务于普通人自己精神生活的诗集。

2

如果说《相遇》诗人和其他诗人群体有什么根本

性区别的话，可能就在于他们把诗歌视为一种精神生活（精神当然有群体性）；在于诗歌是这些诗人的精神生活之核心与实践形式。这一点可能多少和我有些关联。回想起来，我对人生的根本需求、根本态度、根本渴望与努力，就是能有一种精神生活。在满足谋生之必需的同时，拥有一种精神交流的空间，使心灵得到完全的舒展。记得离开家乡、踏上负笈远行的求学之路时，仿佛受到一种灿烂前程的指引。最憧憬的并非是更好的物质生活条件（它只是一种模糊的背景），而是一个灿烂的精神世界。一个由一代代流传的神话、诗歌、圣贤、英雄，书中记载的美好人物、美好心灵构成的理想世界；那在人类上空熠熠闪光、召唤着踊跃的年轻之心的精神世界。结果当然令人极度失望。大学里有各种知识和学问，但满足极度焦渴的心灵的精神源泉极难找到。这当然不仅是学校的问题，也是整个社会的问题，甚至是时代与历史问题。如今这已是共识，由庸碌自肥的封建官僚体制、僵化教条的中世纪天主教意识形态和现代资本主义反人性的技术数量管理三者混搭而成的大学教育的现实中，人文精神已经崩塌。满足心灵的活生生的精神生活已从教育生活必然的部分隐退。大学校园转化为一种专事技术性学术生产的产业园区。这是整个社会精神生活的贫乏与枯竭的结果。作为动词的思想精神生活（或者说心灵生活，那日日新的如泉水般涌流、灌溉心灵饥渴的实践精神）已成稀缺。它一方面被掏空，只一方面受钳制。组织化的、社会性的精神生活已难见到，有的只是些孤岛般的个人精神努力。

但是对严肃、自由、深刻的精神生活的渴望既根植在人心中，也根植在高等（自我）教育的理念中，无法断绝。在教书的过程中，凭着天性和本能，我认识了一些有共同精神追求的同学。他们的热情与好奇心不仅指向学术和知识，更指向认识、精神和自我存在，指向自我认识、生存意义等灵性的激情与渴望。他们和我有着精神上的理解和心灵上的共鸣，还有生活态度与世界观的一致。我和他们有一种天然的亲近。这是一个心灵认出其同伴、找到其同伴的过程。他们每个人都才华横溢，活泼有趣，个性鲜明而不同，但又有一种共同的精神气质，那就是充满严肃、真挚、热烈得为之害羞的内心激情。在读到杨会会的诗《小札》时我心里一震，感觉这就是这群人气质的最好说明："承认热爱而非羞愧／正如／明亮解渴／理解舒乏／是日日醒来，仍觉新鲜。"他们深刻体验到和羞愧相伴的热爱，深刻经验到最严肃的最深入的最自由的交流是"明亮解渴，理解舒乏"，这种最严肃、真挚的明亮和理解才是"日日醒来，仍觉新鲜"。正如拉金所言"有人会永远惊讶于／自己身上有一种想更严肃的渴望。"对他们来说最让人放松、满足，最让人得到休憩的不是不动脑子的娱乐，不是表面的应对、反讽或机智，而是全身心投入的严肃、真诚的思考和交流。使他们达成这种彼此之间深度理解与信任的，就是诗歌。他们是通过诗歌互相认识的。

3

在孔夫子所言的诗歌的兴、观、群、怨的功能中,"群"这一点在《相遇》诗人中表现得最明显。何以诗歌成了他们精神生活的实践形式？有一件事让我对此问题有了特别的体会。有天我收到一个陌生号码发来的短信,是十多年前听过我课的一个学生。我当然记得她,因为她和其他同学一起在课间课后和我交谈过,因为那种从言谈、目光、整个神态流露出的强烈、真挚的心灵激情和精神渴望,这样的人你遇见之后就不会忘记。她学的电信工程,毕业后去武汉读了硕士,又去北京读了博士,回到学校教书。然后,有一天她来我家,和我说了很多话,关于这些年她的生活、读书、结婚、生孩子、工作,准备出国。她说的极为感人,关于当年的记忆、感受,她曾带她在别的学校上学的男友到过我课堂,希望他也能"受点影响"。他们俩找过我。但最后他们没有成,她不明白为什么他会觉得他们差距大而离开她。她走时我送了她一本《相遇》第一期和我的诗集,一直把她送到小区门口,她就住在街对面的小区。那个雾霾很重的秋日,独自往回走在小区法桐树下的步道上,想着有这样一个人和刚刚这样的相见交谈,只是因为十多年前因上课认识我,我感觉到自己一直觉得极为暗淡的职业生涯有一种特别的崇高感。但我也知道这种体验非同寻常,是一次性的。那些话可能一辈子只能这么讲一次,蕴含着漫长时间里蓄积的整个人生的全部感人力量。我呢，在面对这泪光闪闪的滚烫真情，有点不知所措，不知道如何回应。也许这样的时刻只需在场见证和聆听而无需说什么。后来除了节日问候，我们也没再交谈过什么，也没再见过，尽管就在一个学校教书，就住对面小区。

后来我想到，要是她读诗写诗，给我看她的诗，我们的交往可能就不一样了。我就知道怎么和她交流了。她在诗歌中持续地表达自己的全部（情感、生活、自我），我呢能和她谈论诗歌，理解她，持续交流。因为谈论诗歌就是谈论一切。谈论修辞、形式、结构，也是谈论我们的生活、情感、自我，谈论我们对自己和对世界的认识，谈论我们应该如何选择，怎么看待世界和人生，包括它的痛苦和欣喜。"相遇"这些人其实都是很害羞的，都羞于流露自己的内心真情，一生中也很少直接向人吐露自己。在实际生活中大多不知道如何表达关心和支持，通常陷入羞怯的沉默。但是，通过诗歌，我们互相知道对方是一个什么样的人，他的心里是什么状态。在谈论一首诗的好坏的时候，我们就谈论到了一切：谈论了全部的自己，由此达成深刻的理解，获得特别的回应和信任。在一个人直接吐露自己的内心情感时，我们会有种害羞和不知所措，因为他所说的一切仅属于自己，它是封闭的只属于自己的珍藏，那样的时刻珍贵、脆弱、感动得让人几乎难以承受，那其中的痛苦无法介入也难以分担，无法抚慰更难以评论，它窥见到某种不宜言说的禁忌，触及到某种难以承受的重大信任。因此是罕见的，一次性的。但是诗歌的表达不一样，它赋予了我们自己内心的感受、我们全部的存在一种特别的语言形式，让我们说出个人生命的真实而又不限于这一真实；它赋予了我们的生命热情一种超越了我们自己的有限性的形式。它最真实、真诚、真挚，简洁又充分，深刻又全面，最强烈又最适度。它出自心灵，抵达心灵。它源自个人，又超越个人。就这一点来说，诗歌是一种表达自我并达成理解的最好途径。我想正是这一点，使得"相遇"诗人的友谊能持续这么长久。因为和她类似的我还认识有好些同学，都有一种纯粹的心灵的理解和信任，但都随着时间的流逝而断了联系。因为缺乏持续交流的方式。一直保持下来的，都是一些热爱诗歌和自己写诗的友人。诗歌能时时更新我们精神上的交流。它可以持续而深入、发展而完善。它不仅表达和敞开自己，还趋向完善自己。这种完善可以一直进行，没有止境。

4

这部诗集的形成既有着各种偶然性机缘，也有着各种自觉性的反思和选择。事实上诗歌很难交流。诗人之间实际的交流极为罕见。因为谈论自己的诗歌就是谈论自我、个人经验和隐秘的欲望。诗歌总是与个人情感的流露和自我认识与建构相关。它和一般的公共论题所遵守的逻辑不同，政治、法律等公共话题超脱于个人性局限，向所有人敞开。诗歌是一种个性文本，个人神话，关涉着自我及其某种封闭性防卫与保护机制。它围绕个人生命经验建构起来，是个性的集中表现。它和个人偏好的语言方式、个人成长和生活中形成的自我心理和个体形象的投射密不可分。诗歌凝聚的是整个个人存在，其中包含的不仅是理性和智力，还有情感和潜意识，是一个人的整个心灵、整个存在本身。没有足够的信任、耐心、坦诚、尊重和理解，诗人之间很难有效交流。因此，诗歌的交流一旦达成，便是一种更深刻的理解，心灵的深度满足，会有"胜却人间无数"之感。谈诗论道，既是最具体，最基本层面的辨别、比较与分析，也是深入最高层面的"道"，深入无限时空里的恍惚与混沌。需要在遵循客观事实和逻辑的基础上，达成超语言的心灵和情感的共鸣与意会。相遇诗人多年来能一直以"谈诗论道"而相合，——当然有无数激烈的争论——不能不感谢各种机缘给予他们的空间。

但诗歌本身与他们最深沉的心灵渴望之间的关系似乎有一种必然性。似乎只有诗歌的丰富性和综合性最能满足他们的精神需求。只有诗歌能在感性和理性上达到同等的强度。诗歌在表达方式上最直接深入。它有着宗教般的激情，又有着客观具体的事实，还有人生于俱来的欢乐精神。尤其是诗歌的个体性、具体性和根基性这一点，是别的方式——比如学术性知识和普遍性思想的探讨——无法让他们感到满足的。他们的热情中涉及自我，自我存在的困惑和调适，自我存在的价值意义，具有个人生命体验的强烈倾向。这些在学术中，是被遗漏的。他们是一些无法忘记自我的人（只有在凝聚自我的诗歌中实现忘我）。自我存在本身，生活本身的价值和意义是他们关注的核心。另外，普遍性思想属于抽象，所论高远，容易流于空洞。而诗歌具体，切实，是个人自我，限于自身的亲证。诗更好地表达自我，更深入、更真实、更合乎分寸地表达出自我的经验，谨守在经验的界限之类，使之不陷入空谈的危险。在我们的处境中，精神热情无法在生活中落实，至少赋予这些热情一种形式，一种最严格的形式；赋予我们的生命热情一种形式，一种更高要求的美学形式。让我们的生命热情经受这种最严格的美学形式的锻造，将一种坚实的形式赋予我们的全部愿望、展望、见识和感受。为我们的生命过程留下一些痕迹。相对纯粹思想的思辨来说，诗歌是一种实践，诗歌形式中包含的德性，对语言和形式的锤炼，对更坚实、准确的表达形式的追求也是一种自我的实践。诗歌有着其他写作无法取代的力量和丰富性。

  这部诗集中每个诗人都展示出个人的性情，展示了他们各自的优点。每一个人都写得很好，限于篇幅这点无法细谈，我想特别指出的是在他们各不相同的个性写作中有着一种共同的自觉性。诗只管抒情的时代过去了，因为当代社会中诗歌的普遍性意义已经晦暗不明。古典诗人只管个人抒情，因为他们的世界有一套稳定的价值观念在后面支撑着他们，关于人生的价值和意义、功名和作为、实用和闲情。现代诗歌首先要确立自身的意义，回答为什么写诗的问题，写诗本身的必要性成了问题。这就像现代人要确立自己的人生价值观。写诗是一种有意识的行为而不再单单是抒情冲动。它要有自省和反思，重新奠定自己的认识论基础，建立起自己的方法论体系。它不再是简单的个人抒情，而是赋予某种精神意义。这本诗集所体现出来的，无论诗的内容还是形式，都是他们自觉的选择。正是这点，使他们的诗虽然立足于个人精神生活的锻炼，也具有了参与世界普遍精神之构建的可能。

5

编完这部诗集之后，一种特别的激动突然潮水般涌来，将我完全淹没。独自在光线安详的室内默默垂泪，久久不得平息。那一刻，我清晰地听到了窗外近处偶尔的鸟鸣和远处无法确指的尘世之声广阔、安然的起落。那一刻，我从未如此真切地感到一种个人平庸暗淡的人生和光辉灿烂的精神世界之间的真实联系。那一刻，平常习惯性地平淡化（生活化、去浪漫化）处理的诗中的个人生命热情的投注突然爆发出了它所寄寓的全部深情。那一刻，二十多年的生命记忆突然打开，我清楚地看到自己有限的生命汇入一个群体燃烧的心灵之中。

这部诗集不但是一些诗歌文本的聚合，也是二十多年无数美好记忆的凝聚。我曾细数过因为诗歌我们一起共享过的很多美好时光。大榛峪秋天极明亮的月光，大海陀春天漫山遍野白色糖霜般的杏花，初春无人的北戴河，董家口长城下的废城，岳麓山夜晚清幽的泉水声，夏天雨后深夜的军校广场，学校花园满树白花的古槐下的草坡，拒马河边荒凉的紫荆关城墙，坝上草原金色的白桦林……那么多地方、那么多次的欢聚、游玩、朗读、歌唱、谈诗论道、纵情欢乐。这是诗歌赠予我们的。很多时候，我们清晰地意识到我们就生活在诗歌中。这一切只有经历过才会知道它的美好，它是活生生的精神在我们身上重现。经历过这种快乐的人才会知道，一个人读诗写诗和一群人读诗写诗是不一样的美好体验。两者差别很大，就像你看一部曲谱想象音乐和你坐在音乐厅里听一支乐队演奏音乐的区别。是的，我常感觉此生一无所成，但我能肯定我经历了真正的、美好的时刻。伟大的维特根斯坦最后的遗言既最神秘也最动人："告诉朋友们，我度过了美好的一生"。我现在就可以说："朋友们，我们曾有过太美好的时光。"

现在，这些已经把切实的快乐带给我们、见证了我们自己生命的热烈、超出我们每日忙碌的谋生之上的更高的存在之诗，要公开出版了。它们要越出一直以来的内部阅读范围，我无法自负地肯定它们对别人、对这世界会有什么意义，唯有感谢诗歌让我们在此世间相遇，感谢促成这次出版的文化发展出版社的领导和编辑们（特别是佐欧），尤其是感谢我多年的好友（也是"相遇"诗人共同的好朋友）伟驰赐序，给这部诗集增添了特别的光彩。

2018/5/25